LES ŒVVRES POETIQVES

FRANÇOISES

DE

NICOLAS ELLAIN

PARISIEN (1561 - 1570)

PUBLIÉES PAR

ACH. GENTY

PARIS

LIBRAIRIE POULET-MALASSIS

97, rue Richelieu.

—

1861

Tous droits réservés.

LES

ŒVVRES POETIQVES FRANÇOISES

DE

NICOLAS ELLAIN

Alençon. — E. DE BROISE, imp. et lith.

LES ŒVVRES POETIQVES
FRANÇOISES
DE
NICOLAS ELLAIN
PARISIEN (1561 - 1570)

PVBLIÉES PAR

ACH. GENTY

PARIS
LIBRAIRIE POULET-MALASSIS
97, rue Richelieu.

—

1861

TIRÉ A 355 EXEMPLAIRES :

150 sur raisin.
145 sur vergé.
50 sur vélin.
10 sur chine.

INTRODUCTION

—

I

Le Temps a déjà usé deux littératures en France : celle des XIIe-XVe siècles, et celle du XVIe siècle. — Il est en train d'en ronger une troisième : celle du XVIIe siècle.

Les deux premières sont, depuis maints lustres, passées à l'état fossile. On les a traitées, on les traite chaque jour en conséquence. Elles constituent, à cette heure, une sorte de paléontologie littéraire, dont MM. Paulin Paris, Victor le Clerc, Fr. Michel, Le Roux de Lincy, Hersart de la Villemarqué, etc., etc.,

1

ont été les Cuvier, les d'Orbigny, les Humboldt, les Hébert et les Cordier.

Est-ce qu'il nous serait interdit d'ajouter une humble pierre à l'édifice de ces illustres ouvriers? Oh! elle est bien humble!... Nicolas Ellain n'est point un mastodonte. Il n'a rien de ces géants des vieilles faunes et des vieilles flores, devant qui l'on tombe en longue rêverie ou en profonde méditation.

Que sait-on d'Ellain? Peu.

« *Nicolas Ellain,* — dit La Croix du Maine, — *Parisien, Poète Latin et François : Il a escrit vn discours Panegyrique, sur la reception et entrée de messire Pierre de Gondy, euesque de Paris, l'an* 1570. *le* 9. *iour de mars, imprimé à Paris par Denys du Pré, audit an* 1570. — *Il a dauantage escrit quelques sonnets et autres poësies, imprimées à Paris chez Vincent Sertenas, l'an* 1561, *auquel temps il florissoit audit lieu.* »

Ainsi, Ellain a fait des vers! Mais..... est-ce un poète? Non.

Non, quoiqu'il ait versifié en deux langues, disent les Annales Poétiques, — en latin et en français.

Ellain n'est qu'un pauvre hère qui, — comme tant d'autres avant, pendant et depuis, — s'est fourvoyé ès chemins de traverse de l'Hélicon. Il en a rarement hanté la grande route. Ceci est surtout frappant pour l'Ellain de 1561, c'est-à-dire pour l'Ellain des Sonnetz. L'Ellain de 1570, c'est-à-dire l'Ellain du Discours panégyrique à l'évêque de Paris, Pierre de Gondy, — s'égare moins fréquemment. Son pas est moins indécis, sa vue moins trouble. Il trouve de bons vers... çà et là.

A force de forger on devient forgeron :
Ce fut vrai pour Ellain, — sinon pour Campistron.

II

' Et pourquoi faire revenir sur l'eau un misérable qui, de par les Destinées, devait éternellement demeurer au fond ?

Pourquoi !

III

Montaigne disait de Paris : « *Ie l'ayme tendrement, iusques à ses verruës et à ses taches.* » (Liv. 3, chap. 9). — Ne peut-on pas dire la même chose et dans les mêmes termes, de la littérature fossile, mais paléontologisée, du XVIᵉ siècle ? Quand on l'aime, l'aime-t-on à moitié ? Est-ce qu'on ne l'embrasse pas de tout cœur, en masse et en détail ? — A proprement parler, Ellain n'est qu'une verrue littéraire du xvie siècle. Soit! mais verrue a-t-elle jamais gâté joli visage? Bien au contraire. Et joli visage n'a-t-il pas embelli de tout temps, même les verrues qui l'ombragent? Sans doute. — Première raison.

Seconde raison. Ellain présente, dans ses Sonnetz, quelques détails intéressants sur le genre de vie des hommes de lettres, au xvie siècle. Leurs misères et leurs richesses, leurs hauts et leurs bas, leurs joies et leurs douleurs, on les devine, on les voit, on les heurte, on les sent. N'est-ce pas assez pour fixer l'attention, capter la sympathie des hommes de lettres, présents et futurs? *Homo sum, humani nihil à me alienum puto.*

Tierce raison. Ellain a beaucoup souffert en sa vie. Quoique médecin, oncques il ne put se guérir. Il convoitait la gloire, l'infortuné! Maladie incurable. Il convoitait la gloire, et il pressentait qu'elle lui échapperait, comme elle échappe à la plupart. *Avis fugax.* — « *Les Sonnets d'Ellain,* — remarque l'impitoyable abbé Goujet, — *sont vuides de choses, et souvent de pensées et de sentimens.* » Croit-on qu'Ellain mourut, sans avoir acquis la même conviction? Son dernier sonnet ne montre-t-il pas *ad satietatem* combien il recoṅnaissait lui-même la nécessité d'une protection surhumaine pour obtenir l'immortalité rêvée? il dit aux Muses, en ce sonnet :

Faictes, apres ma mort, pour tout iamais reuiure
Maugré le temps rongeur et l'enuie, — mon liure,
Mon Comte, mon Prelat, ma Pandore, et MON NOM.

Ton nom, hélas! chétif Ellain! qui le connaît aujourd'hui? Les Muses ont fait la sourde oreille. C'est leur habitude. Ton nom est oublié. Dè ton livre deux exemplaires ont survécu, trois au plus. — Les Muses! A qui, diable! t'adressais-tu là? Les Muses sont filles cruelles. On ne les supplie pas, mon ami; on les viole...

Mais ce qu'elles n'ont pas fait, nous le ferons. A travers deux siècles tantôt révolus, nous répondrons à cet appel désespéré. Assez d'autres s'occupent des grands; que quelques-uns du moins prennent en pitié les petits! *Sinite parvulos venire ad me...* — Ton nom vivra, Ellain, — ce que peut vivre un nom... *tiré à* TROIS CENT CINQUANTE-CINQ *exemplaires!* Mais : *A bad bush is better than the open field :* mauvais buisson est un abri, belle plaine ne l'est pas.

Cannes (Alpes-Maritimes), juillet 1860.

NOTA. Le texte original a été reproduit le plus servilement *possible,* souvent même dans ses plus stupéfiantes incorrections. La Typographie du xixe siècle n'est point, ici, répréhensible; la vraie, la seule coupable, est celle du xvie. — On voudra bien adresser, si l'on en a, des reproches à qui de droit, c'est-à-dire au typographe, trop sans gêne parfois, du libraire Vincent Sertenas,... aux lieu et domicile ci-devant indiqués.

I

LES SONNETZ

DE

NICOLAS ELLAIN

PARISIEN

—

A PARIS

Pour Vincent Sertenas, libraire, demeurant en la rue Neuue Nostre
Dame à l'image saint Iean l'euangeliste, et en sa bouticque au
Palais en la galerie par où on va à la Chancellerie.

MDLXI.

EPISTRE

DE

GREGOIRE GOVRDRY

VERMANDOIS

A REVEREND PERE EN DIEV MESS. EVSTACHE DV BELLAY

Euesque de Paris.

—

BIEN que Mœcene fust homme cheualeureux,
Prospere en tous combatz, tousiours victorieux,
Bien qu'il fust roide et fort à branler vne pique,
Magnanime à choquer vne presse bellicque,
Puis s'estant escarté de l'affaire guerrier,
Fust à donner conseil, à bien dire premier :
Si est-ce, mon PRELAT, qu'au milieu de la lame
Chaumeroit en silence vne si gentille ame,
Le beau teinct de son loz flestriroit, si les vers
N'espanchoyent son renom parmy cest vniuers :
Tout seroit amorty, et si sa renommée
Seroit auec les os en la fosse inhumée,
Si les nombres mielleux ne l'auoient garanty,
Si du loyer de mort ne l'auoient affranchy :
Pource c'est don de Dieu que ceste chose saincte
Qui ne se voit iamais perfaictement emprainte,

Sinon en ceux que Dieu a voulu œillader
Et en naissant aura bien voulu regarder :
Car certes c'est par eux que de course elancée
On volle d'vn droict fil en la plaine estoillée,
C'est en ce beau grauier, en ce spacieux lieu,
Où en mille fredons la louange de Dieu
Se deuroit annoncer : brief les vers sont vn liure,
Qui fait apres la mort icy bas l'homme viure,
Qui fait qu'en nostre nom n'y a ne fin, ne bout,
Et garde que la mort icy ne mange tout.
Car à qui descouuerte, à qui claire et congneüe
En ce monde seroit la puissante massüe
Du filz d'Amphitrion, et à qui la vertu
Dont cest heros estoit si richement vestu,
A qui ces choses là ouuertes seroyent elles,
Si les nombres n'auoyent icy presté leurs ælles,
Et si le miel d'vn vers Attiquement sucré
N'auoyt ce beau renom pour iamais consacré?
Mais à qui des viuants pourroit estre notoire
De l'enfant Pelean la triumphante gloire?
A qui ses vistes pieds, son homicide braz
Pourroit estre cogneu, si quelqu'vn icy bas
N'eust point corné tout hault ses fameuses louenges,
N'eust publié son nom aux nations estranges?
Or dy moy quel profit, Prelat, d'auoir laissé
Ce que ses yeux auoyent si long temps caressé?
Laissé son cueur, son tout, sa moitié, son amye,

Les yeux estincelans de sa Deïdamie ;
Ou quel auancement pour auoir retrainé
Le plus fort des Troyens qui luy estoyt donné
En proye et en butin, de luy oster la vie,
Pour mieux venger la mort du filz de Menetye?
Si apres ses labeurs, apres mille trauaulx,
La fatigue de guerre, apres dix mille maulx,
Ne se fust mise en rang quelque plume dorée
Qui eust ceste vertu hereusement sonnée?
Pauure qu'eust il gaigné, si le docte cerueau
Tout mourant ne l'eust pas retiré du tombeau?
Ses faictz fussent periz, sa cendre fust muette;
On n'eust parlé de luy nomplus que d'vne beste.
O donc adolescent mille fois fortuné !
O combien de faueur des cieulx te fust donné !
Lors que pour rafraichir la Troyenne misère,
Pour entonner tes faictz tu rencontras Homère !
Car si ce poëte sainct n'eust esté, qui ton nom
Eust icy esmaillé d'vn eternel renom,
Si le sien doulx sonner, si sa voix temperée
En cent mille fredons ta vertu n'eust louée?
C'estoit fait que de toy ; en vn mesme repos
Eussent esté posez et ton nom et tes os.
Or si le ciel a faict à Mecene grand grace,
Luy ayant eslargi vn Virgile, vn Horace;
Si Achille est heureux d'auoir eu le pinceau
D'Homere, qui le paint comme dans vn tableau,

Qui le tire si bien, de si gentille adresse
Qu'on y voit sa grandeur, qu'on y list sa haultesse,
A bons tiltres aussi, PRELAT, à qui les cieux
Font de si rares dons, ie te veulx dire heureux :
Heureux donc ie te dy, non pour l'ample largesse
De ces biens voletans qu'on appelle richesse,
Non de ce que chez toy le iaunissant ruisseau
De Pactole te faict seruice de son eau :
Ta grand felicité, ton heur ne se compasse
En chose estant de soy si caduque et si basse,
Mais en ce que remply d'vn sçauoir excellent
Les neuf Muses te font à ce iourdhuy present
D'vn qui d'vn braue ton chantera la sagesse
Que ieune t'es acquis en la crespe ieunesse ;
Qui s'estant emparé d'vn si riche subiect,
Entré dans ce beau champ ne laissera secret
Rien de ce qui te faict à tous si aggreable,
Te rend du pere en filz à iamais memorable,
C'est, PRELAT, ton Ellain, qui d'vn homme mortel
Te fera sans faillir à iamais immortel,
C'est, disie, ton Ellain, que pour ta seule gloire,
Pour haulser ton renom, les filles de Memoire
Ont faict naistre icy bas, qui te l'ont allaicté,
En leur giron pour toy l'ont doulcement porté.
C'est luy qui tallonnant de ses ayeulx la trace
Se courbe humilié deuant ta saincte face,
Se voüe tout à toy, et tout ce que iamais

Son poulce sur le lut touchera desormais.
Veu donc qu'il est tout prest à te faire seruice,
   Veu que de son esprit il te faict sacrifice,
   Veu que Phœbus le blond, attendu que les seurs
   Luy font heureuse part de leurs sainctes faueurs,
   Reçois le, grand PRELAT, gardant qu'à sa science
   Ce grand monstre hideux, qu'on appelle souffrance
   Ne puisse faire tort : *face ta volonté*
   Qu'il congnoisse bien tost ta liberalité.
Ie ne sçais, ce disoit Symonide, que porte
   La science auec soy, mais tousiours à la porte
   Du riche, *i'aperçois le sage, qui la main*
   Tend, afin que du riche il emporte le pain.
   Si tu desire donc que Virgil' il deuienne,
   Sois luy, sois luy, PRELAT, maintenant vn Mœcene,
   Et veu que sans secours ne te peult rendre entier
   Ce que pour ta loüenge a pendu au mestier,
   Baille luy ta faueur ; car encor que son ame
   Gaye souspire icy vne amoureuse flamme,
   Bien qu'il parle souuent d'vn desplaisir ioyeux,
   Qui frissonne en son cœur, et le tient langoureux,
   Et qu'il ne t'offre pas quelque braue Illiade,
   Ou l'œuure plus exquis d'vne Israëliade,
   Aussi n'est-ce pas tout, ains c'est vn Auant-ieu
   De plus haulte chanson, que d'vn solemnel vœu
   Ie voüe ton renom, que sur la doulce lyre
   Il veult pour te loüer d'oresnauant escripre.

Ainsi le Poëte sainct, qui aueugle a faict veoir
   Ce que l'œil bien-voyant n'eust pas sceu concepuoir,
   Ie parle de celuy, dont l'heureuse science
   Rend tellement doubteux le lieu de sa naissance,
   Qu'encore Mytilene et Rhode et Colophon
   Briguent à qui aura ce braue nourrisson.
   Luy donc au premier coup hazardeux ne se iecte
   A dire vn tourbillon, à dire la tempeste,
   Dont soudain le vaisseau ça et là est porté,
   Soudain de mille maux Vlysse est tourmenté ;
   Mais auant qu'essayer chose si excellente,
   Et que sur l'echauffault, pour sonner se presente,
   Il ballance sa force, et auant qu'attenter
   Chose, qui peult de soy vn chascun contenter,
   Se prepare de loing, chantant de la grenouille
   Qui dedans vn marest tout' poureuse se touille ;
   Puis l'ayant r'animé par ses nobles escriptz
   Vous la faict guerroyer auecques la souriz.
Si donc il a esté permis à ce poëte,
   Auant que d'entonner le clairon, la trompette,
   Choisir vn bas subiect, où tout petitement
   Il apprit à traicter vn plus hault argument :
   Si mesmes ton cousin, l'ornement de ta race,
   Ton cousin du BELLAY, de qui la saincte face
   Tant chérie a esté de Phœbus Apollon
   Qu'il estoit son amour, qu'il estoit son mignon,
   Si ce docte cerueau, si ce grand personnage,

Ce Petrarque François, flambeau de ton lignage
Auant que de toucher les gestes de noz Rois,
Voulut bien essayer les accords de sa voix,
Quand luy ieune et dispos bruslé de flamme viue
Eternisa si bien le nom de son Oliue ;
Si, dis-ie, s'esgayant en l'amoureux tourment
Ce poëte aux amours print son commencement :
Permetz aussi, PRELAT, permetz et congé donne,
Congé à ton Ellain, qu'à cest' heure il talonne
La trace de ses piedz, afin qu'à ce iourd'huy
Il, en bien l'ensuyuant, vienne semblable à luy :
Car alors qu'il aura suyuant ce nauigage
De dix mille fredons diapré son langage,
Quand l'aura embelly, quand en ce beau grauier
S'exerçant deuenu sera grand cheualier,
Ce sera lors, PRELAT, que d'un vers heroïque
Fera voler ton nom iusqu'au pol Antartique :
Lors, dis-ie, s'estant faict plus grand, plus entendu,
Quand ses ælles aura plus grandes estendu :
Tout ioyeux entrera au temple de Memoire,
Où si bien de par luy sera dicte ta gloire
Que pour tes grans vertuz seras aimé de tous ;
Chascun te flechira les homagers genoux.

FIN

G. GOVRDRY.

LE PREMIER LIVRE

DES SONNETZ DE NICOLAS

ELLAIN, PARISIEN, A REVEREND

Pere en Dieu, Messire EVSTACHE

DV BELLAY, *Euesque*

de Paris.

Oresnauant ie veulx d'vne fureur
    Qui sainctement eschauffera mon ame
    Deduire icy vne amoureuse flamme,
    Qui me detient en si plaisant' erreur ;
Ie veulx icy deduire mon ardeur,
    Ie veulx icy dire comment Madame
    Si dextrement me renglace et renflamme,
    Qu'elle se fait maistresse de mon cueur.
Ie veulx aussi à la tourbe scauante
    Chanter vn vers, par lequel ie me vante
    Te pouuoir rendre à iamais immortel.
Ce temps pendant ie te garde en mon coffre
    Plus grand present, lequel maintenant t'offre
    Appendre vn iour, PRELAT, à ton autel.

Iaçois qu'Homere ait la premiere place
  Entre les Grecz, le Lyricque Thebain,
  Sophocle aussi le Tragicque escriuain
  N'ont toutesfois perdu toute leur grace.
Combien aussi que la France n'embrasse
  Que son Ronsard, son Bellay Angeuin,
  Que son Belleau, son Baïf, son Greuin,
  Desquelz le moindre vn Homere surpasse.
Ceux là pourtant qui n'ont si bon esprit,
  Et qui n'ont pas si doctement escript,
  S'asseurent bien d'vne immortelle gloire.
I'espere aussi que mes vers vangeront
  Mon nom de mort, et qu'ilz l'engraueront
  Tout au plus creus du temple de Memoire.

Ia n'est besoing, que te voulant chanter,
  Pour te bastir vn' eternelle gloire
  I'ourdisse icy quelque nouuelle histoire,
  Que ie pourrois de tes ayeux compter.
Ia n'est besoing, que ie vienne attenter
  Ou les vertus, ou bien quelque victoire,
  Ou d'vn combat la fameuse memoire
  De tes parentz, que ie pourrois vanter.
Laissant à part, Mon Prelat, ta noblesse,
  Ie deduirois ce qu'à toy seul s'adresse,
  A quoy ton los seulement me semond :
Mais ie scay bien, que tell' est l'affluence

De tes vertus, que la seul' abondance
Incontinent me rendroit infecond.

Chanter, Prelat, nagueres ie voulois
   De tes vertus, mais mon lut ne s'accorde
   Qu'à pinçotter vne mignarde corde,
   Qui chant' Amour, ses trais, et son carquois.
Certes c'estoit, que les nombreuses lois
   De mes chansons, et leur trop basse mode
   Accommodoient trop pauurement mon Ode
   Au grand subiect, lequel i'entreprenois.
Parquoy sera inutile ma peine
   Si desormais tu n'enrichis ma veine
   Pour te chanter vn peu plus hautement.
Or d'vne main qui ne fust iamais chiche
   Fais moy, Prelat, bien tost deuenir riche,
   Lors i'escripray de toy plus richement.

Qui vouldra veoir tout ce que peult Nature,
   Qui vouldra veoir ce que peuuent les Cieux,
   Qui vouldra veoir ce que peuuent les Dieux,
   Qui vouldra veoir plus qu'humaine figure,
Vienne sans plus contempler la parure,
   Qui est posée en la grace et aux yeux
   De cell' qui m'est vn Soleil gracieux,
   Voire vn Soleil en pleine nuict obscure.
Qui vouldra veoir en vn heureux obiect

2

Le mieux que veoir on puisse en vn subiect,
Il le verra en elle, ce me semble.
La vienne veoir quiconques vouldra veoir
　　En vn subiect mortel tout le pouuoir
　　Des dieux, des Cieux, et de Nature ensemble.

Le ciel voulant nous monstrer son sçauoir,
　　Posa cy bas en ma fière maistresse
　　Tout le plus beau de sa belle richesse,
　　Et l'excellent de son plus grand pouuoir.
Et la voulant si belle faire veoir
　　Auec l'esprit, et auec la sagesse,
　　Il luy donna vne telle ieunesse,
　　Qu'elle pouuoit le ciel mesme esmouuoir.
Cent et cent fois elle estoit bien-heureuse,
　　S'elle n'estoit tellement rigoreuse,
　　Et si le ciel auecques sa beauté
(Qui estoit plein le iour de sa naissance
　　En ceste part de mauuaise influence)
　　N'y eust point mis si grande cruauté.

Quand Iupiter assembla tous les dieux
　　Pour brauement façonner ma Pandore,
　　Il commanda que chascun d'eux encore
　　En ceste cy prodiguast tout son mieux :
Lors Apollon luy façonne les yeux
　　De ses beaux raiz, et puis apres l'Aurore

Heureusement de ses doigts la decore
    Or de son teinct, et or de ses cheueux ;
Amour son arc, Iupiter noble race,
    Venus son ris, les Charites leur grace,
    Pithon sa voix, Diane sa beauté,
Clion sa gloire, et Ceres sa richesse,
    Thetis ses pieds, Minerue sa sagesse ;
    Mars luy donna sa fiere cruauté.

Dame en beautez plus que l'autre Pandore,
    Qui auez tous les presens des haultz cieux,
    Que i'aime plus que ie ne fais mes yeux,
    Dame de qui la grand beauté i'honore,
Que Iupiter heureusement decore
    De ses faueurs, à laquelle les dieux
    Prodiguement ont donné tout leur mieux,
    Il est besoing que voz grandeurs i'adore :
Car voz beautez et voz rares vertus
    Me font penser ie ne scay quoy de plus
    Qu'on ne croyroit d'humaine creature :
Car vous formant les Dieux ont leur pouuoir
    En vous posé, et leur plus grand sçauoir
    Pour vous faire vn chef-d'œuure de Nature.

Venus vn iour enuieuse sur vous
    Pour la beauté et la parfaicte grace
    Qui reluisoit en vostre saincte face,

Conceut en soy ie ne say quel courroux :
Elle voulut par vn despit ialoux
   Decolorer ceste belle oultrepasse
   Qui les beautez de toutes autres passe,
   Et nous priuer de ce regard si doulx.
Mais Iupiter n'ayant pour agreable
   Que sa Venus peust rendre à soy domtable
   Ce qu'il auoit à sa louenge faict,
Vous a rendue en beautez consummée :
   Aussi, Madame, il vous auoit formée
   Premierement sur son moule perfaict.

Voyant en vous telle perfection
   Mon ame s'est à vous seule asseruie,
   Et hors de soy si follement rauie,
   Qu'ell' veut finir par mort sa passion.
Car si n'auez, Madame, affection
   De me donner vn peu de l'Ambrosie
   Qui me peult bien entretenir en vie,
   Plus mal-heureux ie seray qu'Ixion.
Car mon labeur non seulement egalle
   Ceulx d'Ixion, de Sisiphe, ou Tantale
   Pour le plaisir de vos yeulx rigoureux :
Mais qui plus est en ceste terre basse
   Des-maintenant en peines ie surpasse
   Ceulx qui là bas sont les plus mal-heureux.

Heureux fust l'an, heureuse la iournée
    Que le ciel mist en vous tant de beautez,
    Dont mesmement Venus vous surmontez :
    Il vous auoit à ce bien destinée.
Combien fussiez plus heureusement née,
    S'à tant de biens qui vous sont presentez,
    Le ciel n'eust ioinct ses fières cruautez
    Et ne vous eust de rigueur tant armée.
Que Grece plus par une gloire vaine
    Doresnauant ne chante son Heleine,
    Ou s'elle peult quelqu'vne mieux chanter ;
Doresnauant que Rome ne se vante
    De sa Marphise, ou de sa Bradamante,
    Car nous pouuons contre elles vous vanter.

Ronsard à qui la France doibt hommage,
    Vn vif renom, et immortel honneur,
    Lis, s'il te plaist, ceste plaisante erreur,
    Qui me detient si long temps en seruage.
Combien Ronsard, que ceste doulce rage,
    Qui en mon ame excite cest'ardeur,
    Ne soit plus rien au près de la fureur,
    Qui viuement eschauffe ton courage :
Ne laisse pas de lire mes Sonnetz,
    Qu'au pres des tiens tu trouueras mal faictz :
    Mais tu sçais bien, qu'anciennement la lyre
A bien esté esprouuée des vieux,

Des autres pis, et de quelques vns mieux,
Chascun pourtant s'efforçant de bien dire.

Si le Ciel est des seulz bons herité
    Et si, Haton, comme il est vray, on pense
    Que cil qui n'a iamais commis offense,
    Pour son loyer le Ciel a merité :
Certes ie crois, ie crois en verité,
    Que mon Moreau l'ha ia pour recompense
    De sa sincere et bonne conscience,
    De ses vertus, de son integrité ;
Mais puis qu'il fut l'appuy de mon estude,
    Ie serois bien marqué d'ingratitude,
    Si ie laissois son los soubz le tumbeau.
Pour m'acquitter de cela ie t'asseure
    De vous bastir une memoire seure
    A ton renom, et cil de mon Moreau.

Ores il fault contenter les oreilles
    De mon Morel, et faire mon debuoir
    Enuers celuy, qui par son grand sçauoir
    S'est faict amy des Muses immortelles.
Les Dieux, Morel, ont montré leurs merueilles
    En ton endroict, car ilz ont leur auoir
    Tout employé, et leur plus grand pouuoir,
    Pour t'honorer de graces nompareilles.
Car non contens de ces biens de dehors

Ilz t'ont donné vne ame pour ce corps
De grandz vertus heureusement douée,
Ils t'ont donné (car les destins amis
Te l'auoient ia de longue main promis)
Femme pudicque, et heureuse lignée.

Dignes enfantz d'vn si vertueux Pere,
O Pere aussi digne de telz enfantz
En tout honneur' et vertu triumphans,
Dignes aussi, dignes de telle Mere,
Ie veulx d'vn vers qui ne crainct la mort fiere
A nos nepueux tesmoigner d'ans en ans
L'heur par lequel vous allez estoufans
De vos ayeulx la gloire la plus claire.
Tu es Morel ce grand nepueu d'Atlas,
Ta Deloine est vne autre Pallas :
De vos enfantz, mon Morel, chasque fille
Soit en beauté, sagesse, ou chasteté
Auec le nom retient la deité
De ses Diane et Lucrece et Camille.

Laisse parler, Perrette, ce Cagot,
Ce petit fat, ce malheureux Pedante,
Lequel n'a rien qu'vne langue mordante,
Et ne sçauroit dire à droict vn bon mot.
S'il ne se taist, ie luy feray bien tost
(Il cognoistra si en vain ie me vante)

Sçauoir combien ma plume est plus nuysante
Que le deuis ou le babil d'vn sot.
Laisse parler ce petit maistre Pierre,
I'ay bien de quoy luy pouuoir faire guerre,
Ie veulx vn peu l'acoustrer de tout point.
Non feray, car il ne merite viure
Par mes sonnetz, par ce moyen mon liure
De ses meffaictz souillé ne sera point.

Si ie pouuois, Cocault, aussi bien dire
Que fait Ronsard, ou nostre du Bellay,
Desquelz le nom ne sera violé
Par Iupiter, par son feu, ny son ire;
Ie chanterois maintenant sur ma lyre
Pour tes vertuz vn vers emmiellé,
Qui tellement rendroit ton nom ællé
Qu'il volleroit de l'vn à l'autre empire.
Voila, Cocault, ce que ie chanterois,
Non les combatz, ny le camp de noz Rois,
Ny leurs bonheurs, encor moins leurs desastres,
Mais bien comment tu suis pour la vertu
Ce seul chemin que ceux là ont battu,
Qui, comme toy, sont fauoris des astres.

Que malheureux, Vtenhoue, ie suis
D'estre soubz mis a la misericorde
D'vne fierté, qui à rien ne s'accorde

Qu'à me donner continuelz ennuiz.
I'ay bien tasché, et retasché depuis
    De m'eschaper de sa facheuse corde,
    Qui faict qu'à moy moymesme ie discorde,
    Qui cherche ioye, et trouuer ne la puis.
Dis moy comment ie me pourray deffaire
    De ses liens, où ce que ie doibz faire
    Pour me vanger de telle cruaulté :
Dis le moy donc, dis moy (pour la pareille)
    Ce qu'il t'en semble, Vtenhoue, et conseille
    Ton pauure Ellain en sa calamité.

Quand le Soleil nous oste sa clarté
    S'obscurcissant de quelque noire nüe
    Se tost qu'on voit la pluye estre venüe,
    Chascun en soy se trouue contristé.
Moy donc, Madame, estant loing absenté
    Des clairs raions de ta celeste veüe
    Pensant pour moy ta grace estre perdüe
    Me voyant loing de ta diuinité :
T'esbahis tu, si la melancolie
    A de si pres vne ioye suiuie,
    Et si en moy ie porte si grand dueil?
Or ceste nüe, et de pluye l'orage,
    Ce sont mes pleurs, et de moy ton visage
    S'est esloigné qui est mon seul soleil.

Approche toy que ie sente la flamme
De ton Soleil, qui m'est plus gracieux,
Que n'est celuy lequel flamboye aux cieux,
Approche toy pour eschauffer mon ame.
Approche toy, car ton Soleil, Madame,
Peut dessecher l'orage pluuieux,
Qu'abondamment ont prodigué mes yeux,
Veu que les cœurs des plus froidz il enflamme :
Mais qu'ay ie dict, ta veüe seulement,
Et ton regard me donnent tel tourment,
Que ie voudrois bien m'en pouuoir desdire.
Recule donc, et n'approche de moy ;
Recule, helas ! non fais ; approche toy,
Et que plustost ie meure en ce martyre.

Me souuenant de celle apresdinée,
Que me baillas l'anneau ayant vn traict,
Qui si auant m'engraua le pourtraict
De tes beaultez, ie mauldis la iournée,
Ie mauldis l'an et l'heure infortunée,
Qu'ainsi ie fus, par trop estre indiscret,
Sans y penser à moy mesme souzstraict,
Et qu'hors de soy fut mon ame esgarée.
L'anneau cent fois ie baise en ta faueur,
Mais cela n'est qu'acroistre mon ardeur,
Et me gener d'vne peine eternelle.
Or dans mon lict tenir ie te voudrois

Pour ton anneau, mieux ie te baiserois,
Et ferois bien quelque chose plus belle.

Ce franc baiser, ce baiser gracieux,
   Ce franc baiser, ce baiser amiable,
   Qu'hyer au soir me donnas liberale
M'est bien plus doulx que le Nectar aux dieux :
Mais d'autant plus qu'il m'est delicieux,
   Il m'est aussi d'autant plus dommageable,
   Car receuant ce baiser sauourable,
   Ie receus, las, vn desplaisir ioyeux.
Tu me dardas vne flèche cuisante
   (Dont tu cognois qu'ancores ie lamente)
   Qui me naura le cœur trop viuement.
Or donne moy, donne moy, ma Pandore,
   Mille baisers, et mille et mille encore ;
   Il me plaist bien mourir en ce tourment.

Tu as le beau, et l'excellent des dieux,
   Et en leur beau eux mesmes tu surpasse,
   Le grand Iupin en noblesse de race,
   Et Apollon en chant melodieux ;
L'Aube en beauté de teinct et de cheueulx
   Plus voluntiers te quitte aussi sa place ;
   Aussi font bien les Charites en grace,
   Tu passe ainsi les autres en leur mieulx :
Par dessus tous, quatre Dieux tu surmonte ;

Et de leurs biens mesmes tu leur faictz honte.
Car aisement Diane en chasteté,
Et en beauté tu passe la Déesse
Mere d'Amour, et Pallas en sagesse,
Et le fier Mars en fiere cruaulté.

L'amitié libre, et l'amitié contraincte,
Le doulx plaisir, le mescontentement,
Le desplaisir, le doulx contentement,
Le ris non feinct, et la douleur non feincte,
Le ris, le pleur, la ioye, la complaincte,
Le bien, le mal, le repos, le tourment,
Le grief souspir, le doulx allegement,
L'heur, le malheur, la seureté, la crainte,
Le bel accueil, le refus, la doulceur,
La cruaulté, l'amour, et la rigueur,
L'amitié saincte, et la haine cruelle,
Le cœur coüard, le courage hautain,
L'espoir doubteux, le desespoir certain,
Me font, Cointret, guerre continuelle.

Qui vouldra veoir une doulce faconde
En nostre langue exprimée des Grecz,
Qui vouldra bien entendre les secretz
De Cupidon le plus puissant du monde,
Qui vouldra veoir vne doulceur feconde
Exprimant mieux les poëmes sacrez

Des vieux Gregeois Atticquement sucrez
D'vne eloquence à nulle autre seconde,
Laissant à part les autres translateurs,
   Viendra, BELLEAV, pour chercher tes labeurs,
   Lesquelz ont faict Anacreon renaistre,
Sinon quelqu'vn de mal sain iugement,
   Lequel ayant ches soy de bon fourment
   Vouldroit chercher du gland pour se repaistre.

Mon Charpentier, tu nous rauis si bien
   Par ton parler, et par ton doulx langage,
   Quand tu nous vas denouant maint passage
   Or d'Aristote, et or de Galien,
Que quant à moy i'estime plus ce bien,
   (Lequel apres vn si long nauigage
   Nous rend au port, appaisant cest'orage,
   Qu'auoient esmeuz quelques vns pour vn rien)
Que ie ne fais la plus doulce Ambrosie,
   Qui la dessus les haultz dieux ressasie,
   Tant ton sçauoir a ce m'a incité.
Ie crois aussi, que ta doulce merueille
   Attire à toy, Charpentier, par l'oreille
   Tout le meilleur de l'vniuersité.

Ie ne vois point qu'on peust, Barrier, choisir
   Quelqv'un, qui fust plus que toy prest à rire,
   Qui fust plus prest à gaudir, et à dire

Quelque bon mot, quand on est de loysir,
Qui toutefois ayt le moins de desir
   De mal parler de personne, ou mesdire ;
   On ne sçauroit aussi aucun eslire,
     Qui plus que toy ayme à faire plaisir
A ses amis ; oultre plus vne chose
   De toy encor sur tout asseurer i'ose,
   Qu'estant ainsi bon compagnon, Barrier,
Suis la vertu, abandonnant le vice,
   Toute rancœur, toute fraude, et malice,
   Et que tu as le cœur net, et entier.

Voicy, Greuin, l'ardente Canicule,
   Qui maintenant nous rameine le chault,
   Desia Phebus nous darde de la hault
   Vne chaleur qui nous cuist et nous brusle :
Mais Cupidon plus fort qu'vn autre Hercule,
   Ce Dieu d'amours si brauement m'assault,
   Que de chaleur, ny de froid ne me chault ;
   Mais dedans moy sa seule ardeur pullule.
A gouuerner cependant tu te plais
   Ta belle Olimpe, ou bien tu te repais
   A contempler des herbes la nature.
Or viens, Greuin, viens à mon sainct Marceau
   Auec Ronsard, Vtenhoue, et Belleau,
   Pour nous venger d'vne saison si dure.

Là, les Matins, nous aurons le murmure
   Du doulx Zephir, qui durant le seiour
   Nous vengera de la chaleur du iour,
   Qui nous seroit à supporter trop dure.
Puis nous irons, Greuin, paraduenture
   A Ientilly, pour disner alentour
   De la fontaine; et estant de retour
   Nous soupperons dessoubz quelque verdure ;
Par dessus tout nous aurons du vin frais
   Pour endormir et alleger le fais
   Du grief ennuy qui si fort nous martire.
Tu pourras là, si tu veulx, aysement
   Arboriser, et là commodement
   Ronsard pourra charpenter son nauire.

Onc ne sera, n'est, aussi n'a esté,
   Dame, en laquelle y ayt telle abondance
   De deitez, et qui dés sa naissance
   Ayt, comme toy, tous les Dieux surmonté.
Par dessus tous DIANE en chasteté
   Tu, as vaincu, Venus en excellence
   De beau corsage, et Pallas en prudence,
   Et le fier Mars en fiere cruaulté.
Helas! les dieux t'ont faict estre si fiere,
   Si belle aussi, si sage, et si entiere
   Pour me traicter ainsi cruellement.
S'ilz t'eussent faict, Madame, vn peu moins belle,

Moins sage aussi, moins chaste, et moins cruelle,
Peut-estre, helas! serois-ie ton amant?

Puis que tu veulx, Pandore, que ie meure
   Frappé au cœur d'un traict qui est mortel,
   Ie veulx mourir, si mon destin est tel,
   Ie ne scauroys perir de mort meilleure.
Il me souuient toutesfois à cest'heure,
   Que ie ne puis ton renom immortel
   Selon mon vœu sacrer à ton autel,
   Si tu ne fais qu'en vie ie demeure.
Or si tu veulx viure par l'vniuers,
   Ie te voüeray le faire par mes vers,
   En me prestant ceste vie mortelle.
Preste la moy doncques, et desormais
   Ie promectray, et dés présent promectz
   Pour l'ususfruict t'en rendre vne immortelle.

Tu ne doibs point, ma PANDORE, estre ingrate
   Enuers celuy, lequel te veult donner
   Vn vif renom, et tout abandonner
   Ce qu'il aura, tant que l'ame luy batte.
Tu ne doibs point, quoy que rigueur te flatte,
   Si fierement mon cœur emprisonner,
   Ton doulx regard aussi semble ordonner
   Quelque repos, mais ta rigueur me gaste.
Eschange donc en douceur cruauté

Eschange aussi en liberalité
　La chicheté de tes faueurs auares,
Change en douceur ta rigueur, si tu veulx
　Que par mes vers entendent noz nepueux
　Le grand bon-heur de tes beautez si rares.

Pensant au iour que l'eternel sommeil
　Silla si fort d'vn dormir la paulpiere
　De DV BELLAY, que iamais la lumiere
　Il ne verra de nostre beau soleil,
Incontinent me vient la larme à l'œil,
　Et mauldissant ceste mort si meurdriere,
　Qui ne pardonne à nul, tant elle est fiere,
　Mon esprit est tout affligé de dueil.
Et quoy, Cocault, sa seule renommée
　Faict que sa vie estoit mesmes aymée
　Voyre de ceulx, qui ne l'ont veu iamais.
Mais d'vn seul point mon dueil ie reconforte,
　Qu'auant mourir, de la mort tant soit forte,
　Il s'est encor vengé pour desormais.

Muses, plorez, plorez la mort soudaine
　De Dubellay, plorez incessamment
　Vostre Apollon, qui trop cruellement
　Nous est rauy par la mort incertaine.
Il estoit bien, helas, il estoit digne
　De viure un peu cy bas plus longuement,

3

(Las) deuois-tu ainsi soudainement
Nous le rauir, o fiere Proserpine?
Et puis aussi qu'on ne te peult frauder
De ce tien droict, tu luy debuois prester
Sa vie encor pour quelque peu d'années :
Car aussi bien, suyuant l'humaine loy,
· Vn peu apres il fust venu chez toy,
Selon le droict des fieres destinées.

Or viens vn peu, ie te prie, Lucine,
Dame Iunon, viens vn peu soulager
Ceste douleur, qui ne fait qu'engreger
De ceste pauure acouchante la peine.
Viens soulager sa douleur inhumaine,
Viens, viens, Iunon, ses tranchés alleger;
Viens la liurer, Lucine, de danger,
Et adoulcir le tourment qui la mine.
Fais que le temps soit vn peu moderé,
Que le ciel soit vn peu plus temperé,
Et la saison vn peu moins eschauffée.
Fais au surplus, fais que, pour l'aduenir,
A cest enfant qui d'elle doibt venir,
Quelque bon-heur ourdisse quelque Fée (1).

(1) Ce sonnet singulier me rappelle un fait assez bizarre. Un jour, j'assis-
tais à un accouchement des plus laborieux. Le mari de la dame, — homme
trop lettré,—ne pouvait s'empêcher, quand *éclataient* les douleurs, d'invoquer
Lucine. La position était vraiment critique pour moi : torturé par l'incertitude

Que l'heure soit à iamais fortunée,
  Qui te rendist au monde florissant
  Que les trois sœurs Parques à toy naissant
  Puissent filler heureuse destinée.
Heureuse soit encores la iournée
  Qui t'a rendu à nous apparoissant,
  Tous tes parens de ioye remplissant :
  Heureux en soit le iour, l'heure et l'année.
Or, mon nepueu, pendant que tu viuras,
  Ainsi que d'aage en aage tu croistras,
  En biens aussi puisses-tu apparoistre.
Si bien aussi puisses toy temperer,
  Qu'en tout honneur tu puisses prosperer,
  Et en vertu non moins qu'en aage croistre.

Puis que ie suis à mourir destiné
  Pour ta beauté si fierement cruelle,
  Il me plaist bien perir de mort si belle,
  Puis que les dieux ce bon heur m'ont donné.
Puis que le ciel ainsi l'a ordonné,
  l'aime bien mieux mourir d'vne mort telle,

---

du résultat, et mourant d'envie de rire, je ne savais pas où j'en étais. — Un accouchement n'est pas chose comique, et je m'explique peu la présence de cet élément dans les comédies de Térence. Ce n'est pas du raffiné.

Ellain connaissait la médecine ; F. d'Amboyse le constate dans un sonnet (voy. à la fin de ce volume). Mais exerça-t-il jamais ? Je ne saurais le dire. — J'aurais peu de confiance en un médecin qui ferait des vers... dans certains moments. En obstétrique, pas de poésie, — surtout en obstétrique pratique.

Qu'ainsi tousiours d'vne peine éternelle
Le iour cent fois mourant estre geiné.
Au moins ma mort portera tesmoignage
A nos nepueux de mon loyal courage,
De ma constance, et de ma fermeté.
Mais tout ainsi comme de ma constance,
Ell' donnera aussi ferme asseurance
De ton fier cueur, et de ta cruauté.

Malheureux l'an, et l'heure infortunée,
Qui me fist naistre au monde malheureux,
Et d'vn plaisant malheur me fist heureux,
Par vne amour en moy trop obstinée.
Mois malheureux, malheureuse iournée,
Astre cruel, qui me fist langoreux,
Et me faisant de toy si amoureux,
M'assubietist à telle destinée.
Que dis-ie, helas? ô astre fortuné,
O Astre humain, lequel m'a destiné
Estre amoureux de beauté si cruelle.
Encor' heureux, heureux encor sera
L'astre lequel ma mort ordonnera,
Mais que ce soit pour cruauté si belle.

Ie vois vn sot, qui gouuerne Pandore,
Et l'entretient aussi paisiblement,
Que ie ferois, et me donne vn tourment,

Lequel me ronge, et du tout me deuore :
Mais ie sçay bien que celle que i'adore,
   M'ayme si bien, et si fidelement,
   Qu'ell' ne vouldroit aymer legerement
   Ce ieune veau, lequel la deshonore.
Ie cognois bien le trop peu de pouuoir
   De ce sot là, et qu'il ne peult mouuoir
   En rien Madame, et qu'ell' est trop constante :
Ouy, ie congnois fort bien l'integrité
   De ma Pandore, et sa grand' chasteté,
   Et de ce sot la force insuffisante.

Que follement pauure sot ie m'abuse
   De m'asseurer tant de ta fermeté
   Voulant couurir là dessoubz la fierté,
   Qui plus en toy qu'autre chose est infuse.
Voyla comment, pauure diable, i'excuse
   En mon tourment ta fiere cruaulté,
   l'exerce ainsi ma ferme loyauté
   En vn malheur qui ma ieunesse amuse :
Et cependant que ie t'escriptz ces vers,
   Helas! ie crois, ie crois que tes yeux vertz
   Dix mille traictz, dix mille encores dardent
Dedans les yeux de quelques amoureux,
   Qui esperduz, transiz, et langoureux
   Te courtisans sans cesse te regardent.

Certes ie crois, ie le crois voyrement,
  Que ce pendant que ie suis en malaise,
  Quelque amoureux pres de toy est bien ayse,
  Qui s'esiouist de mon pauure tourment :
Ouy, ie le crois, ie le crois fermement,
  Qu'vn amoureux te courtise, et te baise,
  Il t'entretient, il te baise, et rebaise,
  Et te cherist d'vn long accollement.
D'autre costé toy, ma chere maistresse,
  Le rends heureux de quelque humble caresse,
  Et moy ie suis à plaindre ma douleur.
Puis s'il aduient que si auant on aille
  Que quelquesfois l'entretien vous defaille,
  Vous commencez à compter mon malheur.

Comme il n'est rien cy bas plus gracieux,
  Qu'est vne femme, aussi rien plus volage
  On ne sçauroit trouuer que son courage,
  Et son esprit par trop industrieux.
Mais qui n'a leu le faict victorieux
  De céste belle Helene au beau visage,
  Ou bien plus tost le forfaict et l'outrage
  Et le malheur du rapt iniurieux ?
Hélas, bons dieux ! las qu'est ce que ie pense ?
  Hélas, bons dieux ! que grand' est mon offense,
  Certes ie croy, que ie suis hors de moy.
Pardonne moy, ie te faisois, Déesse,

Comme vne humaine, et puis, chere maistresse,
Qui ayme bien n'est iamais sans esmoy.

Pardonne moy, pardonne moy, Madame,
   I'ay offensé bien fort ta deité,
   La comparant à vne humanité
   Ne t'estimant non plus qu'vne autre femme.
Certes i'ay tort, moy mesme ie m'en blasme,
   Car ie scay bien que ta diuinité
   Imitant bien en tout l'eternité
   Ne reçoit point d'inconstance le blasme.
Ie le scay bien, tu m'aimes constamment,
   Ie le scay bien, tu fuis le changement,
   Mais mes espritz ces fantosmes se feignent,
Pour ce que ceulx, qui aiment de bon cœur,
   Tousiours en eux ont ne scay quelle peur,
   Et, bien certains, ont ne scay quoy qu'ils craignent.

Ie crois, amy, que tu penses des vers
   Faire en despit de Minerue, et des Muses
   Auec labeur, trauail, peines et ruses,
   Sans les moyens, qui à toy sont couuerts.
De ce la cause est un astre peruers,
   Dont ne fault pas sur l'art en prendre excuses,
   Mais bien il fault que le ciel tu accuses,
   Qui ne t'a pas telz secretz descouuertz.
Ne scais tu pas que nulle creature

Ne scauroit rien faire, si sa nature
Ne l'y conduict poulsée par les dieux?
Sachez, amy, que nostre poësie
N'entre aysement en toute fantasie,
Et qu'ell' nous est rare present des cieux.

Vn certain veau a mesdit de Madame,
Et a voulu, meschant et blasonneur,
Desloyaument luy pipper son honneur,
Par vn parler malheureux et infame.
Puisse à iamais sentir de dans son ame
Vn grief tourment, et encor' que son cœur
Soit tout rongé d'vn repentir vainqueur,
En vain les dieux à son ayde il reclame.
Mais ie scay bien que l'abboy de ce chien
N'offensera ia ma Pandore en rien,
Ny le parler de plus braues encore,
Veu que l'enfant de Lede et Iupiter
Par sa beauté a bien peu despiter
L'iniurieux escript de Stesichore.

Estre au Palais à me rompre la teste
Pour courtiser, DENEVX, vn Conseiller,
Vn Procureur, vn Clerc, vn Officier,
Et enuers eux contrefaire l'honneste;
Faire dresser vn extraict, vne enqueste,
Faire la court à vn monsieur l'huissier,

Et à son Clerc, faire signifier
Or vn Arrest, ores vne Requeste;
Ne faire rien, sinon que tout de ranc
En ce palais͟courant de banc en banc,
Viure chetif en ceste seruitude,
Voyla, DENEVX, voyla, mon Galien,
Mon exercice Aristotelien,
Voyla mon liure, et toute mon estude,

Heureux Briault, qui recoys tel loyer
De ces seigneurs, pour le digne exercice,
Pour le trauail, et le loyal seruice,
Là où pour eulx il te fault employer.
Eulx congnoissans que tu scais fouldroyer
Par ta vertu, l'ignorance et le vice,
Ilz ont daigné d'vn reciproque office
Sur toy leur main liberaulx desployer.
Heureux Seigneurs, qui de telle prudence
Scauez donner aux vostres recompense
Telle que d'eulx chascun peult meriter.
Pour eulx, Briault, de telle oraison i'use,
Qu'ilz, te faisans du bien et à ma Muse,
Puissent Nestor en aage surmonter.

Fais moy, Prelat, quelque chose de rien,
De ta vertu deuant qu'escripre i'ose,
Qui demourroit en tenebres enclose,

Si ce n'estoit le Laurier Delien.

Or monstre donc, monstre le pouuoir tien,
  Et fais de moy quelque methamorphose,
  Echange moy de rien en quelque chose,
  Ce que feras en me donnant du bien.
Car l'artisan vit de son artifice,
  Le iusticier tire de sa iustice
  Communement quelque commodité,
Nostre art sans plus son artisan abuse,
  Et si ie crois que iamais de la Muse
  Nul ne tira aulcune vtilité.

Ne pense point que la mort ayt pouuoir
  Dessus les vers qu'icy ie te façonne,
  Car la Muse est des grans Dieux la mignonne,
  Qui n'est subiecte aux loix de l'Orque noir.
Crois hardiment, que pour son grand sçauoir,
  D'vn tel bon heur Iupiter la guerdonne,
  Qu'aux doctes vers la mort iamais ne donne,
  Et que le Ciel sur eulx n'y a que voyr.
De moy ie crois, et de ce ie me vante,
  Que ie feray par la troupe scauante
  Viure ceulx là qu'il me plaira chanter.
Ie te feray, auec moy et mon liure,
  Ton frere aussi, pour tout iamais reuiure,
  Si i'ay de quoy ma Muse sustenter.

Freres vnis, ô vous luisans flambeaux,
  Fauorisez ma poëticque vene,
  Si elle n'est de vos faveurs indigne,
  Si vous voulez estre exemptz des tombeaux,
Monstrez vous telz que les Astres iumeaux
  Amycleans, les deux freres d'Heleine
  Par leur regard serenans la marine,
  Et de danger deliurans les vaisseaux.
Faictes moy donc (ô chose souhaitable)
  Faictes sentir vostre main liberale,
  Et loing de moy chassez la pauureté,
A celle fin que doresnauant i'ose
  De voz vertuz escrire quelque chose,
  Et en parler auec authorité.

FIN DV PREMIER LIVRE.

LE SECOND LIVRE

DES SONNETZ DE NICOLAS

ELLAIN, PARISIEN, A MONSEIGNEVR

Messire IACQVES DV BELLAY, *Comte*

de Tonnerre.

'est à toy maintenant, mon Comte, à qui ie doibs
Donner ce second liure, et or ie delibere
De te le presenter, puisque l'autre à ton frere
l'ay aussi dedié, comme ie le debuois.

Ie te le donne donc, lequel si tu reçoys
De telle humanité, que de cœur voluntaire
Ie le viens presenter, ie te prometz de faire
Entendre à noz nepueux ta vertu par ma voix.

Or fauorise donc ce mien petit ouurage,
Et le reçois chez toy d'aussi humain visage
Que ie sçay que tu es enuers chascun humain.

Alors si ta grandeur, mon Comte, me commande,
Hardy i'entreprendray quelque chose plus grande
Soubs espoir de sentir ta liberale main.

Il y a quelques gens lesquelz d'vn bouillant cœur
   Vont furieusement ramper à la muraille,
   Entrer en vn combat, en vne grand'bataille,
   Pour la victoire auoir de l'ennemy vainqueur.
Vn autre mesprisant si perilleux honneur
   A chercher oultre mer du bien il se trauaille,
   Craignant que quelquefois le sien ne luy defailla
   En vn tresor mondain mettant tout son bon heur.
Vn autre espouuanté du fouldre de la guerre
   Paisible tout le iour est labourant sa terre,
   Et ne prend autre soin qu'à son champ cultiuer.
Quant est de moy ie veulx que la fureur me lie,
   Que quelques uns, possible, appelleront folie,
   Encor que pour son bien ell' n'ait qu'vn laurier verd.

Tonnellier, ce pendant que tu lis ton Bertole
   Pour te faire scauant en ces fameuses loix,
   La fureur que suiuir desia ie commençois,
   Quand nous estions tous deux disciples d'vne escole,
Cette mesme fureur diuinement m'affole,
   Et m'assubiectissant aux traitz et au carquois
   De ce fol Cupidon, en ses nombreuses loix
   Abuse entierement ma ieunesse trop folle.
Si le Poëte au moins tiroit l'vtilité
   De son art, ou l'honneur qu'il auroit merité,
   Comme aussi de ton art communement on tire,
Helas, qui ne vouldroit son temps y employer?

Mais ie suis trescertain que pour tout son loyer
Il n'ha que pauureté ou quelque chose pire.

Quand i'auray esprouvé ta liberalité
   Qui est plus que royalle, ou celle de ton frere,
   Et que tu m'enioindras de tes louanges faire
   Entendre par mes vers à la posterité :
l'importuneray tant la saincte deíté
   Des seurs, que ta vertu, qui ne viueroit guere
   D'auantage que toy, ains seroit passagere,
   Par mes vers gaignera vne immortalité.
Aux amours ce pendant i'exerceray mon stile,
   Encores que ce soit vn subiect inutile.
   Mais quoy? ce Cupidon maistrise ainsi nos cœurs.
Or ie te pry, Seigneur, qu'atant que ie m'amuse
   A vn si vain subiect, ton Poëte, et sa muse
   Soyent pour recommandez à tes haultes faueurs.

Vn plus scauant que moy, mon Comte, chantera
   De l'ancien Francus la force et la vaillance,
   Puis deduisant les faictz des autres Roys de France
   D'vn stile plus diuin son vers animera.
Celuy qui plus que moy fauorisé sera
   De Phœbus Apollon, dira la vigilance
   De nos princes François, et d'egalle valance
   Leur aduis, leur conseil, et leurs faictz vantera.
Quant à moy, maintenant, Seigneur, ie me contente

Tant que ie sois attainct de fureur plus ardente
Les traictz de vos vertuz dessigner simplement,
Cela sans plus ie veulx presentement escripre,
Et tout ce que l'amour me commande de dire,
Qui est de ma fureur le premier argument.

Ie me puis bien vanter heureux d'vne maistresse,
Que ie croys nulle avoir fors qu'elle merité
(l'en fais iuge Paris) la pome de beauté :
Car c'est ie ne scais quoy plus qu'Helene de Grece.
Ie me puis bien vanter heureux d'vne deesse,
En laquelle on peult veoir toute diuinité
Et sur tout admirer plus grande chasteté
Qu'on ne comprendroit mesme en la chaste Lucrece.
Ie me puis bien aussi, miserable, vanter
D'auoir trouué en elle, et d'experimenter
Autant que de beauté de fierté trop cruelle.
Ie me puis bien vanter, et ie me vante aussi,
Que d'elle ne reçoys pour ioye que soucy,
Et en lieu de santé qu'vne playe mortelle.

Ma Pandore, pourquoy t'armes tu de rigueur
Contre ton pauvre serf, pourquoy d'vn tel visage
Exerces tu ainsi ton rigoureux courage
Contre celuy qui veult mourir ton seruiteur?
Pourquoy me detiens tu si longtemps en l'erreur,
Lequel m'a, malheureux, reduict à ceste rage

Sans espoir de trouuer le bout d'vn tel orage,
Ny d'alleger iamais ceste si forte ardeur?
Que puis ie auoir commis en te faisant seruice
Qui fust digne de mort? si tu n'appelles vice,
Que d'auoir trop esté ta grace desseruant.
Si tu ne me guaris ceste playe mortelle,
Me perdant, tu perdras vn seruiteur fidelle,
Lequel ne vit sinon que pour t'estre seruant.

Ie ne veulx pour mes vers autre subiect auoir,
Que tes nobles vertus, et ta forte vaillance
Conioincte au bon conseil, et la meure prudence
De mon Prelat ton frere, et son diuin sçauoir;
Ie ne me voulois point d'autre subject pourueoir,
Mais de me commander soubdain Amour s'aduance
N'escrire que de luy; qui feroit resistance
A vn tel Dieu, duquel si grand est le pouuoir?
Le hault pouuoir des Roys est grand, mais dauantage
Peult encor celuy la, lequel tient en seruage,
Comme faict Cupidon, les hommes et les Dieux.
La puissance d'Amour est donc plus que Royalle,
Mais ton commandement, ou ta main liberalle
Me peult plus commander que l'Amour ne les cieulx.

Celuy qui semble auoir vne teste estourdie,
Le plus souuent rassis vn grand œuure entreprend
Et celuy sur son dos quelque grand fardeau prend,

4

Qui semble attenué de longue maladie.
Si est ce, mon Pouin, qu'vne eau, qui est courpie,
    Vne bonne senteur de soy iamais ne rend,
    Et ne croys que cest' eau porte vn basteau si grand,
    I'entens au moins cest' eau que tu dis endormie.
Or ie te pri bien fort de m'explicquer ce poinct,
    Explicque le moi donc, car ie ne l'entens poinct.
    Ie croys qu'vne telle eau a bien peu de puissance
Pour porter vn basteau, mais toutesfois cest'eau
    Que tu dis endormie, a porté ce vaisseau,
    Tu en vois maintenant, Pouin, l'experience.

Le Maire, ce Caron, ce Caron passager,
    Lequel nous fist payer au double le passage
    De nostre si facheux triennal nauigage,
    Se puisse pour iamais de nos yeux estranger.
Il est plus qu'vn Protée inconstant et leger,
    Et neantmoins il veult sembler constant et sage;
    Mais ie prie les dieux qu'vn malheureux orage
    Nous puisse quelquesfois de ce meschant vanger.
Ie prie, s'il aduient que cest ingrat arrive
    En vne mer loingtaine ou vne estrange rive,
    Des estrangers iamais n'esprouue que rigueur,
Qu'il vieillisse piteux en longue seruitude,
    Qu'il n'esprouue iamais que toute ingratitude,
    Vn trop tard repentir portant dedans son cœur.

Vouloir estre rauy de l'amour de Pandore
   Ne le vouloir point estre, et puis soubdainement
   Changer d'opinion ; en l'amoureux tourment
   Vn iour viure et mourir cent, et cent fois encore ;
Maintenant esperer, maintenant craindre, et ore
   Recepuoir desplaisir, ore contentement,
   Estre triste et ioyeux en vn mesme moment,
   Me plaindre et me louer de celle que i'adore,
Me plaire et m'ennuyer de sa grande beauté,
   Me plaindre et contenter de sa seuerité,
   Priser et mespriser sa chasteté trop graue,
Voyla ce que l'Amour me causé auec ses traictz,
   Mon le Feure, voyla les contraires effectz
   Que Cupidon souuent produict en son esclaue.

Ronsard, ton Francion, ta Cassandre et ton Loire
   Ont ensemble iuré de te faire chanter
   Vn vers, lequel pourroit aisement surmonter
   L'Attique, la Romaine, et la Thebaine gloire.
Or ton Loir Vandomois a desia sa memoire,
   Et se doibt de ton vers, ce croy-ie, contenter :
   Car tu as sceu son los si brauement vanter,
   Qu'il aura sur l'enuie et sur le temps victoire.
Tu as si bien aussi pour ta Cassandre faict,
   Que selon mon aduis tu luy as satisfaict
   D'vn immortel renom l'ayant eternisée :
Ton Francus ce pendant demeure, auquel tu doibs

Vne histoire dresser, requise tant de fois
Par la France, et encor' à peine deuisée.

Ronsard, que le troupeau des neuf sçauantes sœurs
   Suit comme son Phœbus, tousiours la mer Egée
   (Ton Baif apres toy l'a chanté) enragée
   Ne tempeste ses bords de ses flots menasseurs.
Ton Loire neantmoins et ses appastz flateurs,
   Ta diuine Cassandre encor non estrangée
   De ton cueur amoureux, tient ta lire rangée
   Aux loix de sa beauté par ses belles douceurs.
A ourdir ce pendant tu ne penses l'histoire
   Du pauure Francion, ains tu laisses sa gloire
   Pressée se cacher dessoubz ses murs vaincuz.
Que dis-ie? non feras, car i'ay bonne esperance,
   Que tu adhereras aux prieres de France,
   A Cassandre, et au Loir opposant ton Francus.

Mon Comte, tu receuz le iour de ta naissance
   Vn bien rare present, car tu receuz des Dieux
   Tout leur plus excellent, leur plus beau, et leur mieux,
   Quand tu vins embellir de tes vertuz la France.
Tu euz en premier lieu du Dieu Mars la vaillance,
   Le scauoir de Pallas, et d'vn don precieux
   Iupiter te donna noblesse et des ayeulx
   D'ancienne maison, Ceres son abondance,
Et les autres aussi tout leur mieux t'ont donné,

Ainsi que le destin te l'auoit ordonné,
Destin, qui peu de gens à vn tel bien appelle.
Encor n'estoit ce assez d'auoir tant de vertus,
Si Clion pour ton los n'eust faict encores plus
Te donnant pour ton los vne gloire immortelle.

Le Ciel t'auoit donné entre tant de faueurs,
Dont il t'a honoré, pour femme vne Déesse,
Qui ne cedoit à nulle en beauté, et sagesse,
En graces, en vertuz, en saincteté de meurs.
Mais si tost nous n'auons veu l'umbre des bonheurs,
Si tost n'auons de nous esloigné la tristesse
Qu'au despourueu soubdain quelque mal nous oppresse,
Et que nous nous sentons plongez dans les malheurs.
Mon Comte, tu l'as sceu, tu as bien sceu qu'au monde
N'y a non plus d'arrest, qu'au branslement d'vne onde :
Car lors que tu deuois passer en tout plaisir,
En ioye, et en soulas le reste de ta vie
Auecques ceste dame, elle te fut rauye,
Et la cruelle mort, helas! la vint saisir.

O vous, astres cruelz, vous Parques inhumaines,
Et toy cruel Destin, toy Destin enuieux,
Qui fais ce qu'il te plaist, et despites les Dieux,
Auez vous tel pouuoir sur les choses humaines?
Tes mains, ô Lachesis, de sang meurdrier sont pleines
Par trop soudainement auoir sillé les yeux

De ceste dame, à qui la Nature et les Cieux
Auoient desparty tant de graces souueraines.
Mais le Ciel ne l'a sceu rauir entierement,
Car elle t'a laissé pour ton contentement
Trois enfans ressemblans de graces à la mere
Et à toy en vertu, enfans qui tost feront
D'autres enfans, lesquelz, mon Comte, porteront
Ton nom et ta vertu, et te feront grand pere.

Le scauoir, Delalande, est vn bien que les Dieux
Ont enuoyé cy bas pour conseruer les villes,
Pour fonder les Citez, garder les loix ciuiles,
Et apporter plaisir aux hommes studieux :
Il voyage auec eux, tousiours et en tous lieux,
Il mect en liberté les personnes seruiles,
Les pauures il contente, et mesmes aux plus viles
Il faict leuer le chef iusqu'au couplet des Cieux.
Mille commoditez, et mille plaisirs ore
De la Philosophie on peult tirer encore,
Si on les pouuoit bien entendre et concepuoir.
Aussi ceste Déesse, et dame venerable
Exciteroit de soy vn amour admirable,
Si, comme dict Platon, nous la pouuions bien veoir.

Mais ie ne scay quel Dieu ou quel astre irrité
A fait que la science est si peu estimée,
Et que l'on n'en fait cas non plus que de fumée,

Veu qu'on en peult tirer telle commodité.
Les scauans (s'elle estoit ainsi qu'elle a esté
   Du temps de noz ayeulx, des grans seigneurs prisée,
   Et si d'eux elle estoit autant fauorisée)
   Seroyent recompensez comme ilz ont merité.
Entre autres ie vouldrois, Monsieur, qu'à ton exemple
   La noblesse honorast de Minerue le temple,
   Aux armes et sçauoir tout son but limitant,
Ainsi que toy qui as autant que les Romaines,
   Delalande, tary les Gregeoises fontaines
   Ton pere en cueur, ton oncle en sçauoir imitant.

Comquiers, souuienne toy, que dés ma ieune enfance,
   Comme ie suis encor, ie fuz ton seruiteur,
   Et encor' ie seray, s'il plaist à ta grandeur
   Receuoir maintenant mon humble obeissance.
Ayez aussi, Comquiers, vn peu de souuenance,
   Qu'au college tu fuz mon amy et seigneur,
   Et que tu daignas bien me faire cest honneur
   De prendre promptement auec moy cognoissance.
Sois moy donc tant humain, que ton humanité
   Ne perde son honneur par trop de grauité,
   Et que ta grandeur soit non plus graue qu'humaine :
Garde bien au surplus, mon Comquiers, qu'auiourd'huy
   Ie ne cherche autre part vn fauorable appuy
   Pour prier que de moy ton oncle se souuienne.

Pour cest' heure, mon Comte, icy ie me tairay
   De ton cueur indomté, de ta force et vaillance,
   De ton conseil exquis, de l'effort de ta lance,
   Et tes autres vertuz point ie ne vanteray.
Ton sçauoir, mon PRELAT, aussi ie ne diray,
   Ny ton integrité, ny ta belle eloquence,
   Ny ton diuin esprit, ny ta meure prudence,
   Et de ta saincteté rien ie ne chanteray.
Ie le ferois pourtant, mais ie veulx bien attendre
   Que vous me commandiez d'vn tel œuure entreprendre,
   Et de chanter vn vers pour vostre æternité.
Mais Phœbus, messeigneurs, m'a defendu de taire
   Celle qui des vertuz vous est plus familiere,
   C'est, selon mon aduis, la liberalité.

Bons dieux, qui est celuy qui pourroit bien vanter
   Ta liberalité, et celle de ton frere?
   De moy i'aimerois mieux vne Iliade entiere
   Descrire iusqu'au bout, qu'vn tel œuure attenter.
He, qui seroit celuy qui pourroit bien chanter
   La liberalité et bonté singuliere,
   Qui est plus qu'à personne à vous deux familiere?
   He, qui pourroit encor par le menu compter
Le bien que vous donnez aux vefues souffreteuses
   Aux ieunes orphelins et aux vierges honteuses?
   Cy apres, Messeigneurs, au peuple de bien loing
De vostre charité, si ma bonne esperance

Elle ne trompe point, parmy toute la France
De nepueux en nepueux ie seray le tesmoing.

Viure en ce monde cy, mon frere, si tu veux,
   Si tu veulx viure bien, scais tu qu'il te fault faire?
   Sois courtois à chacun, à chacun debonnaire,
   A plus petitz que toy ne sois iniurieux.
Sois amy de chacun, à personne odieux,
   Imite la vertu de deffunct nostre pere,
   La grace et la bonté de nostre bonne mere,
   Et garde bien la loy que gardoyent nos ayeulx.
Charles, regarde donc, et d'autant que tu m'aymes,
   Et que tu m'es plus cher, que ma personne mesmes,
   Regarde, ie te pry, de suyure la vertu.
Mon frere, suiz aussi la science honorable,
   Pour ce que le ieune homme apparoist venerable
   Aux peuples, quand il est de scauoir reuestu.

Ie ne scay pas comment il me deust mespriser,
   Mon Lemaire, attendu que tant ie le decore,
   Que ie l'estime tant, et que tant ie l'honore,
   Que ie le prise autant qu'on le scauroit priser.
Neantmoins il se scait en sorte authoriser
   Qu'il veult que pour ses biens comme vn Dieu on l'adore,
   Mais autant qu'il en a, s'il en auoit encore,
   Ie ne le vouldrois pas autrement courtiser,
S'il auoit tant soit peu de scauoir et sagesse,

I'en ferois plus de cas, car la vaine richesse
Ie ne veulx adorer, comme on faict auiourd'huy.
S'il est content de moy, de luy ie me contente,
S'il me donne vn salut, trois ie luy en presente,
S'il ne faict cas de moy, ie n'en fais point de luy.

Allons, Godin, allons, allons à la fontaine
D'Harcueil, ou Ientilly, pour rafraichir l'ardeur
Du solstice æstiual, qu'augmente la chaleur
De l'amour que ie porte à ma fiere inhumaine.
Ie boys, Godin, ie boys, mais ie sens en la vene,
En ceste vene là, qui tire droict au cueur,
Vne chaleur plus viue et de plus grand' vigueur,
Qui me consomme au lieu de soulager ma peine.
Ie verray donc plustost les fontaines tarir,
Et leurs sources secher que mon feu amoindrir,
Pource qu'estant si grand on ne le peult qu'accroistre.
Ainsi voit on que l'eau, s'il y en a trop peu,
Ne scauroit, mon Godin, amortir vn grand feu,
Ains le faict allumer, et plus grand apparoistre.

Or doncques autant d'eaux que contient la grand mer,
Estaindre ne sçauroient vne si viue flamme,
Laquelle, s'il te plaist, seule tu peux, Madame,
Amoindrir aussi bien que tu peus m'enflammer.
Car quand ie commencay, ma Pandore, à t'aymer,
Ie mis entre tes mains mon corps, mon cœur, mon ame,

Si bien que ta beaulté qui seule me renflamme,
Me peult par cest ardeur guarir et consommer.
O cruelle beauté, ô cruauté barbare,
  O maladie estrange, ô malheur bien plus rare
  Veoir si pres son remede, et iouir n'en pouuoir.
Remede, dont tu es, ma Pandore, bien riche,
  Et qui me peult guarir mais tu en es si chiche;
  Que malheureux i'espere en vain le recepuoir.

Tant d'espritz esgarez, Charton, ne courent pas
  Apres le plaisant son de Saphon, ou d'Alcée,
  Et l'harmonieux chant d'Amphion ou d'Orphée
  Tant d'ames apres soy ne tire point la bas,
Comme on voit d'escolliers suyure de pres tes pas,
  Pour ouyr la leçon qui leurs espritz recrée
  Par la noble douceur de ta langue succrée
  Explicant Galien, ou le vieux Hipocras.
Aussi sçait on comment, et de quelle eloquence
  Tu chasses loing de toy ce monstre d'ignorance
  Par un labeur exquis, et trauail studieux.
On voit encores bien de quelz et quelz vsages
  Tu nous vas denoüiant les ennoüiez passages
  D'Aristot', d'Hypocras, ou des Medecins vieux.

Heureux, certes, heureux, qui fuyant le delice .
  Du monde vicieux, applique ses espritz
  A la Bible sacrée, aux celestes escriptz

Iectant son vieil Adam, et tout autre immundice,
Comme tu fais, Beguin, que la gaye blandice
   De la vieille Circé à ses appas n'a pris,
   Et qui ne fus iamais à ses charmes surpris,
   Dont est communement chascun poulsé au vice.
Heureux, encor heureux, quiconques en tout lieu
   Ordonne la loüange estre donnée à Dieu,
   Et comme toy, luy rend sa gloire, et son hommage.
Heureux encor, Beguin, quiconques comme toy,
   Au peuple purement presche la vraye foy,
   Qui est sincerement grauée en ton courage.

Ie hay comme vn poison vn ieune audacieux,
   Qui pensant tout scauoir èst la mesme ignorance,
   Pensant estre constant, n'a rien moins que constance,
   Sur l'aise et sur le bien d'autruy fort enuieux.
En toute compagnie il faict de l'orgueilleux,
   Et se pensant quelqu'vn sur les plus grans s'aduance,
   Pensant estre prudent monstre son imprudence
   A estre enuers chascun tousiours iniurieux.
Il faict bien du mignon, il se croyt estre braue :
   Il faict du magnifique, il faict du grand, et graue
   Et si ne sceut iamais que c'est que de grandeur.
Il se croyt honneste homme, il se croyt admirable,
   Il se croyt grand Monsieur, il se croyt honorable,
   Et vous puis asseurer, qu'il ne scayt point d'honneur.

Nestor d'vne eloquence à nulle autre seconde
  Nous interpretera Hippocrat' aussi bien,
  Que celuy, lequel l'œuure Æsculapeïen
  Heureusement a ioinct à la doulce faconde.
Mon Charpentier aussi d'vne doulceur feconde
  Aussi bien denoura quelque facheux lien
  D'Hippocrat' d'Aristote, ou bien de Galien
  Que le plus excellent medecin de ce monde.
Les contemplans ie dis heureux le iour Natal
  De ces deux grans amys, qui sont d'vn neud fatal
  Par amour et sçauoir si bien uniz ensemble :
Rauy de leur sçauoir, cest estoille des Cieulx
  Ia loüe grandement, qui d'accord precieux
  Ces deux rares espritz si sainctement assemble.

Escoute, mon cher Dreux, la lamentable voix
  De ton chetif Ellain, qui pleure, qui lamente
  De se veoir defraudé du fruict de son attente
  Qu'il esperoit selon les amoureuses loix.
Escoute, mon cher Dreux, mon Dreux, escoute, et crois
  Que demy mort ie suis, dequoy i'experimente
  Vne si fiere Amour d'vne Dame constante,
  Plus constante qu'icy peinte tu ne la vois.
Regarde donc en moy ceste douleur non feincte,
  Et que si de pitié ton ame n'est attainte,
  Las! ne te mocques point au moins de mon malheur :
Ainsi nostre Prelat, Dreux, te soit fauorable,

Ainsi sa main ne sòit encores secourable
Sans veoir de son loyer defraudé mon labeur.

Vtenchoue, les Grecz n'ont pas moins estimé
    D'Vlysse non armé le sçauoir et l'vsage,
    Sa longue experience et son disert langage,
    Que le bouclier d'Aiax de toutes pars armé.
Penses donc hardiment, que les Dieux t'ont aymé
    De t'auoir presenté tant de biens en partage,
    Et de t'auoir scauant, riche, fecond, et sage
    A l'imitation d'vn Mercure formé.
Et pource ilz t'ont muni d'vn bouclier à sept doubles,
    Que d'aultres sept encor, toymesmes tu redoubles,
    Bien autre que celuy d'Aiax le Telamon.
Ce tant braue bouclier sont les vers et harengues,
    Que les Dieux t'ont permis de faire en toutes langues
    Pour te rendre immortel, ta maison, et ton nom.

Qui te faict, mon Marauld, faire si long seiour
    En estrange païs? dis moy, ie t'en supplie,
    Dis quelle occasion te tient en Italie,
    Que tu ne fais icy aumoins encor vn tour?
Est ce le passetemps, le plaisir, ou l'amour,
    Qui te tient pardela, est ce la courtoysie
    De Marce? et ce pendant vne trouppe infinie
    De tes amys a beau attendre ton retour.
Retourne pardeça, retourne, car ton maistre,

Ce vertueux Prelat, Prelat, qui souloit estre
L'honneur des Cardinaulx, ce sage Dubellay
N'y est plus aussi bien, car pour la recompense
  Des trauaulx, qu'il a pris aux affaires de France
  Aux champs Elisiens heureux il est allé.

Si pour vn homme mort tu receuz en ton cueur
  Iamais quelque grand dueil, ô douloureuse France,
  Que maintenant ta voix piteusement s'aduance
  De redoubler son dueil, sa plainte et sa douleur.
Car ce grand Cardinal, ce Prelat de bonheur,
  Ce Prelat Dubellay mourant, ton asseurance
  Tu veois aussi mourir, et ta ferme esperance,
  Et des rouges Prelatz le support, et l'honneur.
France, tu cognois bien son sçauoir, sa Iustice,
  Sa grandeur, sa vertu, et surtout le seruice
  Qu'il a faict à tes Roys, pour son humble debuoir.
Mais pour le faire court, ie ne dis autre chose,
  Sinon qu'en ce tumbeau auecques luy repose
  Tout genre de vertu, d'honneur, et de sçauoir.

Marauld, tu ne veois plus là ces pouldres cendreuses
  Des vieux Palais Romains, ny le front sourcilleux
  Des nouueaux bastimens, et Palais orgueilleux,
  Ny des sept vieulx costaulx les relicques pouldreuses,
Ny des rouges Prelatz les pompes orgueilleuses,
  Ny le braue combat du taureau furieux

D'armes enuironné, ny dix mille autres ieux,
Mille plaisirs, et mille aultres choses pompeuses.
Mais tu veois maintenant ton plus riche tresor,
Tes anciens amys, et si tu veois encor
Ton bon païs natal, et la Françoise plaine,
Et ores maintenant sur ta grise saison
Ton sainct Maur te detient, ton anticque maison,
Ores Paris, et or ce beau païs du Maine.

Ie souhaite, Legrand, cent langues et cent voix,
Et afin d'estre faict aussi scauant qu'Homere,
Dessus le double mont auecques ce bon pere
Ascrean, i'ay desir de songer quelquesfois ;
Non point pour rassembler en Aulide les Roys
Vengeurs du grief forfaict du Troyen adultere ;
Non point pour rafreschir la Troyenne misere,
Ny pour redire encor le bonheur des Gregeois ;
Non point pour retrainer encor auec Pelide
Autour des murs Troyens le vaillant Priamide,
Ny pour vanter les faictz du grand Agamemnon :
Mais bien pour consacrer au temple de memoire
Et pour æterniser ton sçauoir et ta gloire,
Qui passent en grandeur la grandeur de ton nom.

Faire bien ce qu'on doibt aux hommes, et aux Dieux,
Ne commettre iamais fraude, ne malefice,
Sa vie ne souiller de crime, ne de vice,

Viure amy de chacun, à personne odieux,
Viure selon les loix ainsi que ses ayeulx,
  Ne doubter de la foy, faire bien son office,
  N'experimenter point la rigueur de iustice,
  Estre enuers ses amys courtoys et gracieux,
N'enrichir sa maison ny les siens par vsure,
  Suiure en ses actions la trace de Nature,
  N'appeter rien d'autruy, viure content du sien.
Quand i'auray bien vescu ainsi en ma ieunesse,
  I'auray, Gourdry, de quoy consoler ma vieillesse ;
  Car c'est vn grand plaisir de viure et viure bien.

En vain, certes, en vain tu te romps la ceruelle,
  A nous venir compter tant de discours si beaux,
  Et à nous apporter tant de comptes nouueaux,
  Tant veritables qu'est le reciteur fidelle.
Puisqu'ainsi est, Griffon, que ta coustume est telle
  De tousiours mensonger, nous croyrois tu si veaulx
  · De nous faire arrester à tes mensonges faulx
  Sachant que le mentir ne t'est chose nouuelle?
Or Aristote dict, qui est accoustumé
  D'estre menteur, tousiours pour tel estre estimé,
  Encor qu'il racomptast choses qui fussent vrayes.
Et pour cela, Griffon, nous ne croyrons iamais,
  Ce que tu nous diras faulx ou vray desormais,
  Car tu es coustumier de nous bailler des bayes.

Ce frere, mon Barrier, est tousiours prest à dire
   Quelque chose de bon, il a dix mille motz,
   Mille petitz discours dedans sa teste enclos,
   Lesquelz aultre que luy nul ne pourroit deduire.
Il ioue voluntiers, mais comme auec empire,
   Il a tousiours tous prestz, sans rien tirer du los
   De personne qui soit, dix mille bons propos,
   Il ayme le bon vin, il ayme fort à rire.
Il ayme bien l'argent, aussi c'est son mestier
   D'en vendre, d'en changer, d'en fondre et manier,
   Surtout il ayme bien les femmes et les filles.
Sa femme il ayme bien, son bon vin, son argent,
   Et son mestier, auquel il est fort diligent ;
   Ie croys qu'il ayme mieux encor le ieu de quilles.

Quelques vns, mon Barrier, estiment malheureux
   L'homme qui est coqu, pensans qu'en ceste vie
   On ne sceut pourpenser plus grande ignominie,
   Chose plus miserable, ou mal plus douloureux.
Mais ie croys, quant à moy, qu'vn mal plus langoureux
   Regne auiourd'huy dedans l'humaine fantasie,
   C'est ce facheux tourment qu'on nomme Ialousie,
   Mal, plus que cocuage, à craindre et dangereux.
Ces deux maux, mon Barrier, qu'on nous peinct tant horribles,
   Et qu'on dict tant fascheux, ne sont incompatibles,
   Ains tourmentent souuent tous deux vn mesme esprit.
Ie dis cela partant, qu'vn Ialoux (ce me semble)

Est bien soûuent Ialoux et coqu tout ensemble,
Tesmoing ce Ialoux là, que lon nous a descript.

Barrier, la ialouzie est un des plus grands maux
    Qu'ayt espandu le ciel dessus l'humain lignage,
    Quand il vomist sur luy son venin et sa rage,
    Pour despit se vanger de tous les animaux :
Cela rien ne sembloit pour combler de trauaux
    Le pauure genre humain, si encor dauantage
    Il n'eust accompagné du facheux cocuage
    Le tourment des Ialoux, qui boult dans leurs cerueaux,
Comme le feu enclos dedans vne fournaise :
    Ce coqu ne se doibt pourtant en son malaise
    Tourmenter, car il a quelque soulagement
(Si c'est, Barrier, soulas aux pauures miserables
    D'auoir en leur malheur des compagnes semblables)
    Ayant des compagnons plusieurs en son tourment.

Quand ie te veois receu humainement de l'œil
    De ta belle Phylis, ie n'ay aucun enuie
    Sur les doulx passetemps et plaisirs de ta vie
    Pour son plaisant baiser, ny pour son doulx accueil.
I'ayme mieux de Madame vn fier et chaste orgueil
    Que l'accueil de la tienne, ou plustost sa folye,
    Qui pour te veoir vn peu chery d'vne autre amye,
    S'afflige tendrement d'vn lamentable dueil.
Voyla que c'est, Melin, la beauté de Madame

Auec sa cruaulté m'a si bien charmé l'ame,
Que ie trouue plaisir en mon facheux tourment.
Et penses hardiment, penses, si tu esprouue
En ton bien du plaisir, mon Melin, que ie trouue
Encor en mon malheur plus de contentement.

Monseigneur, gardez vous, gardez vous, Monseigneur,
Que le silence obscur n'emmure vostre gloire,
Et qu'vn iour auec vous chez soy la Parcque noire
N'emmeine voz vertuz et vostre sainct honneur.
Ayez plustost quelqu'vn chez vous, lequel vengeur
De l'eternelle nuict, par poeticque histoire,
Face loing apres vous reuiure la memoire
De voz nobles vertuz maulgré le temps rongeur.
Car, mon Comte, noz vers ne craignent la puissance
Ny l'ire des Seigneurs, ny du temps l'inconstance,
Ny tout cela qui peult nuire à l'eternité.
Et que vous seruiroit d'estre tant debonnaire,
D'estre tant vertueux, si pour vostre salaire
Vous n'attendiez le nom de l'immortalité?

De Virgiles, la France, et d'Homeres auroit
Beaucoup plus qu'elle n'ha, qui pourroient faire bruire
Maintenant la trompette et maintenant la lyre,
Si d'autres Mecenas, mon Comte, elle portoit.
Alexandre le Grand qui presque commandoit
Au monde vniuersel, ayant de son Empire

La monarchie faict, pour ses gestes descrire
Vn autre Homere encor seulement demandoit.
Or la France auiourd'huy comme feconde mere
  Nous produict des enfans plus doctes qu'vn Homere
  Qu'vn Horace, ou Virgile, et liroit on leurs faictz
Et leurs doctes escriptz, si selon leur doctrine,
  Et selon leur trauail, de leur labeur et peine,
  Comme ilz ont merité, ilz estoient satisfaictz.

Quiconques vouldra veoir du Dieu Mars la vaillance,
  Son magnanime cœur, sa force et son pouuoir ;
  Qui vouldra contempler le plus heureux auoir
  Du grand nepueu d'Atlas, et sa belle eloquence,
Vienne contrepeser comme en vne balance
  Ces deux freres icy; alors il pourra veoir
  Du grand Mercure en l'vn tout l'excellent scauoir,
  En l'autre du Dieu Mars la plus grande puissance.
Car mon docte Prelat en prompt entendement,
  En grace, en eloquence, en subtil iugement,
  En sagesse et scauoir à Mercure ressemble,
Et mon Comte, son frere, en noblesse de cœur,
  En faictz victorieux ressemble à Mars vainqueur,
  Et soubz luy l'ennemy comme dessoubz Mars tremble.

Si matin que vouldra le cler Titan s'eueille
  Pour nous venir darder sa lumiere cy bas,
  Et si tard qu'il vouldra, venant en la mer las

Du iour, rafrechissant ses cheuaux il sommeille,
Des freres ne verra onc la couple pareille
    A ceste cy, lesquelz de si pres qu'eulx les pas
    Suiuent de la vertu, et fuient les appas
De Circé, qui le mal nous souffle par l'oreille.
Mon esprit quand en eux contemple les vertuz,
    Dont singulierement le Ciel les a vestuz,
    Heureux comme d'vn doulx Nectar se laisse paistre.
Puis il vient à louer les Astres et les Cieux
    Qui deux freres uniz, d'vn accord precieux,
    Ont si heureusement en ce monde faict naistre.

Excusez, Messeigneurs, si ie vous importune
    Interpretez le à bien : quant à moy, messeigneurs,
    Ie ne rougiray point de prier vos grandeurs,
    Qu'ilz accroissent vn peu ma trop basse fortune.
La gloire de Maro ne seroit si commune,
    Et ses vers ne seroyent estimez les meilleurs,
    Si de Mecene il n'eust receu tant de faueurs,
    Et la grandeur d'Auguste à sa Muse opportune.
Et aussi, Messeigneurs, ie vous puis asseurer,
    Et vous asseure aussi, que ne scauriez monstrer
    Plus honeste loyer, ny largesse plus belle,
Que vers ceux que la Muse et Phœbus Apollon
    Nourrissent cherement pour garder vostre nom
    De tumber soubz les loix d'une nuict eternelle.

Vn Mecene iadis à Rome se fist veoir,
    Lequel entretenoit vn Horace, vn Virgille,
    Et les meilleurs espritz qui fussent en la ville,
    Pour faire aux estrangers ses vertuz concepuoir.
Mon Comte, vous deburiez aussi chez vous auoir
    Quelque Poëte scauant, duquel la plume habile
    Fist vos vertuz porter d'icy iusques au Nile,
    Et ceulx de vostre frere, auecques son scauoir.
Ce Mecene auiourd'huy reuit par souuenance,
    Et n'a esté deceu de sa belle esperance,
    Car, comme il esperoit, il vit pour tout iamais.
Si vous ne faictes point aussi par quelque histoire,
    Ou par œuure poëtique entendre vostre gloire,
    Hé, qui de vos vertuz parlera desormais?

Or donc apres auoir limé soigneusement
    Vn vers, qui m'est plaisant plus qu'il n'est profitable,
    Plaisant, mais desplaisant plustost, et dommageable,
    Receuant pour plaisir un mescontentement.
Or donc apres auoir rongé si longuement
    Mes ongles, et apres pour faire un vers durable,
    Auoir cent et cent fois frappé dessus ma table,
    Doibs-ie d'vn medisant recepuoir tel tourment?
Ie n'endureray pas ma gloire estre asseruye
    Ainsi indignement soubz le ioug de l'enuie,
    Non, car ie ne veulx pas ceder à l'enuieux.
Que plus tost, malheureux, que plus tost sur ta teste

Soit violentement vne dure tempeste,
Pour venger tes forfaictz, enuoyée des Cieux.

Sus, sus, que maintenant, Martin, ce malheureux
    Exerce contre moy sa langue enuenimée,
    Qu'il monstre sa fureur et sa rage animée
    Contre moy et ma Muse et mes vers amoureux.
Mais tant puisse estre hay des hommes et des Dieux
    Ce grossier animal, ceste beste affamée,
    Qui a ainsi osé blesser ma renommée
    Que son mal soit exemple aux autres enuieux.
Toutefois tu scais bien que peu ie me soucie,
    Et que i'estime peu son ignorante enuie,
    Sachant que telles gens sont au monde inutilz.
Et qui se souciroit du furieux orage
    Des propos outrageux, de l'outrageuse rage,
    Et des abbois canins des enuieux Quintilz?

Muses, qui egayez de vos chansons les Dieux,
    Auecques Apollon, Muses Aoniennes,
    Remontez maintenant vos danses anciennes
    Sur vostre mont natal, ou aultres plus sainctz lieux,
Lieux que vous bienheuriez d'vn chant plus melodieux
    En vous rafreschissant les eaus Pegasiennes,
    Ou celles la d'Eurotte, ou les Castaliennes,
    Escoutez moy vn peu, ô Muses aux beaux yeux :
Si mon astre ascendant ou les Parques fatales

A vous m'ont destiné, et si pour aggreables
Vous receuez mes vers, d'vn eternel renom
Faictes apres ma mort pour tout iamais reuiure
   Maugré le temps rongeur, et l'enuie, — mon liure,
Mon Comte, mon Prelat, ma Pandore, et mon nom.

FIN DU SECOND LIVRE.

DISCOVRS PANEGYRIQVE

A reuerend Pere en Dieu Monseignevr Messire Pierre de Gondy, euesque de Paris, Conseillier du Roy en son conseil priué, sur son Entrée en la ville de Paris du Ieudy neufiesme iour de Mars 1570,

Par Nicolas ELLAIN, Parisien

—

A PARIS

Par Denis Du Pré, imprimeur, demourant en la rue des Amandiers, à l'enseigne de la Vérité.

MDLXX

SONNET

—

Puisque trois bons prelats deuant vous ont esté,
   Desquelz comme le nom la vertu est notoire,
   Qui liberallement par trente ans de memoire
   Le seruice des miens ont experimenté;
Puisque encores ie voy que par vostre bonté
   De ces trois grands prelats vous esgallez la gloire,
   Ie doibs, à mon aduis, suiuant ce destin, croire
   Que ie feray seruice à vostre saincteté.
Pour ce, parmy ce bruict et publicque allegresse
   De vous offrir ces vers i'ay pris la hardiesse,
   Vous suppliant, Prelat, les prendre de bon cueur :
Ainsi vostre seruice au Roy soit aggreable;
   Ainsi vous soit, Prelat, sa grace perdurable ;
   Ainsi vous soit tousiours propice sa faueur.

—

DISCOURS PANEGYRIQUE

A REVEREND PERE EN DIEV MONSEIGNEUR MESSIRE PIERRE DE GONDY

Euesque de Paris,

Conseiller du Roy en son conseil priué, sur son entrée en la uille de Paris, du Ieudy neufiesme Iour de Mars 1570 (1)

Prelat qui dans le cueur portez et au visage,
Et nous representez le pourtraict et l'image
Des Peres anciens, soit en simplicité
De mœurs ou en doctrine, ou bien en saincteté;
Prelat, que iustement toute la France honore,
Prelat, que l'estranger humainement adore ;
Prelat des grands Seigneurs et des Princes chéri,
Du Roy et de la Royne à bon droict fauori ;
Prelat, diuin Prelat, auquel pour sacrifice
Ie voue mon trauail, ma peine, mon seruice,
Ma plume, mes labeurs, ma Muse, mon esprit,
Et tout ce que iamais ie mettray par escrit ;
Ce mien petit discours ie vous supply d'entendre,

---

(1) Cette pièce qui est, à notre avis, le chef-d'œuvre d'Ellain, nous devons de la connaître à l'un de nos plus savants bibliophiles, M. Ed. Tricotel. *Suum cuique.*

Si vn autre plus grand ne vous empesche, et prendre
D'aussi bon cueur les vers que ie sacre à vos pieds
Que d'humble affection ils vous sont dediés,
A l'exemple de Dieu qui la petite offrande
Reçoit d'aussi bon cueur comme il fait la plus grande ;
Aussi croy ie, Prelat, que vostre saincteté
Ne prendra garde au don, mais à la volunté.

Quand doncques quelquefois pensif et solitaire
Discourant à part moy ie songe et considere
Nostre condition malheureuse, ie plains
Le miserable sort de nous pauures humains ;
Car soit que nous voulions regarder la ieunesse,
Soit que nous regardions l'importune vieillesse,
Nous n'y pourrons trouuer que peines et labeurs,
Que lamentations, que soucis et douleurs.
Il n'est condition si bonne et si heureuse
Qui de quelque costé ne se trouue ennuyeuse.
On peult considerer entre tous les estats,
Les moindres, les moyens et les grands Potentats
Se porter de façon, que le mal importune
Et suyt tousiours de près la meilleure fortune.
Ainsi toutes saisons et toutes qualités
Apportent auecq' soy leurs incommodités.
Les hommes n'ont iamais la fortune si bonne
Que tousiours quelque ennuy leur bonheur ne talonne,
De sorte qu'il n'est rien de toute part heureux.

O nous pauures humains, ô pauures malheureux,
  Puisqu'il est resolu que l'homme, tant qu'il viue,
  N'aura iamais vn bien, qu'après vn mal ne suyue,
  Qui le bien et le mal vouldra bien compasser
  Avoura le malheur de beaucoup surpasser
  Le bonheur des humains, leur plaisir, leur liesse,
  Et leur bien n'estre rien auprès de leur tristesse;
  Bref, de tout temps le monde estre au mal endurci
  Et comblé de malheur, de peine et de soucy.

O monde malheureux, ô monde qui merite
  D'estre eternellement ploré par Heraclite;
  O monde malheureux, s'ainsi est que le ciel
  Si prodigalement espand sur nous son fiel,
  Ie dirois voluntiers, voyant, las! nostre vie
  Estre à tant de trauaux et d'ennuys asseruie
  Ie dirois, si n'estoit l'espoir que nous auons,
  Et la certaine foy que tenir nous debuons
  De l'immortalité, qu'il vauldroit mieux ne naistre
  Et ne viure iamais en ce monde que d'estre
  Subiect à tant d'ennuys, de soucis, de trauaux,
  A tant d'afflictions, de peines et de maux.

Mais vn point nous console, vn seul point nous asseure:
  C'est que nous esperons vne vie meilleure,
  C'est que nous esperons quelquefois auoir lieu
  Auecqu' les malheureux au sainct regne de Dieu,

Si qu'apres cette vie incertaine et mortelle,
Heureux nous reuiurons d'vne vie eternelle;
Que par afflictions Dieu exerce les siens,
Et que ce sont vrayment les armes des chrestiens;
Que les afflictions sont le certain passage
Par lequel nous entrons au celeste heritage.
Dieu par afflictions veult les siens esprouuer
Pour fideles en luy et constans les trouuer.
Les afflictions sont les pierres lydiennes
Où vrayment l'on cognoist toutes vertus chrestiennes ;
Dieu esprouve par là les siens : il a tenté
Quelquefois Abraham et sa fidélité;
Par les afflictions il a eu cognoissance
De la bonté de Iob et de sa patience,
Par les afflictions on peult cognoistre ceux
Qui sont les plus constans et les plus vertueux.

Mais vos vertus, Prelat, se font assez cognoistre
Sans que l'aduersité nous les fasse apparoistre :
Si vous n'estes point franc de tribulation
Vous n'estes point du tout exempt d'affliction
Mais elle est (grace à Dieu) legère et peu durable,
Qui semble toutesfois d'autant moins supportable
Qu'elle vous vient de ceux que vous auez cheri,
Et desquels vous deburiez estre en tout favory.
Car ceux qui vous deburoient aimer comme leur vie
Ce sont ceux là, Prelat, qui vous portent enuie.

Pensent-ils aveuglés, ialoux du bien d'autruy
  Que leur enuie puisse en rien nuire à celuy
  Que tout le monde estime, honore, loue et prise?
  Que nature cherist, que le ciel favorise
  De son mieux, tellement qu'il le semble auoir faict
  En biens et en vertus sur un moule parfaict?
  C'est vous, c'est vous, Prelat, duquel en la naissance
  Le ciel a, liberal, employé sa puissance
  Pour nous donner en vous vn mirouer de bonté,
  De liberalité, d'honneur et d'équité.
  Car on peult les vertus qu'en chacun l'on contemple
  Iustement admirer en vous toutes ensemble.
  Vous estes en la court entre les conseilliers
  Tenant le premier rang, vous estes des premiers
  Entre ceux qui au Roy font fidelle seruice;
  Vous aymez l'equité, vous aymez la iustice,
  Vous aymez tout honneur, vous aymez les vertus,
  Vous aymez tous ceux là qui en sont reuestus ;
  Vous aymez le sçavoir, vous auez cognoissance
  De toute gentillesse et de toute science,
  Vous aymez les sçauans, vous estes curieux
  De pousser en auant les hommes studieux.
  Sur tout vous excellez en la philosophie
  Et principalement en la theologie.
  Vous maintenez tousiours, Prelat, et supportez
  Par vostre authorité toutes les libertés
  Et vertueusement defendez la franchise

6

Et les immunités de la chrestienne eglise;
Vous ieusnez, vous priez, prompt à vostre debuoir;
Auecq les bonnes meurs vous ioignez le sçavoir,
Vous estes debonnaire, et bien fort pitoiable,
Vous estes gratieux, vous estes charitable,
Vous avez le cueur franc, vous donnez voluntiers
Et liberallement aux pauures escoliers,
Aux pauures impotens, aux vefues souffreteuses,
Aux ieunes orphelins et aux vierges honteuses.

Mais quiconques vouldroit, monseigneur, attenter
De vos rares vertus par le menu chanter
Entreprendroit de faire vne chose impossible,
Entreprendroit de dire vne chose indicible;
Et c'est, diuin Prelat, c'est la fecondité
De vos vertus qui faict ceste difficulté,
Et pour dire le vray, d'icelles l'abundance
Me rendant indigent, fait mon insuffisance :
Ainsi suis-ie contrainct en chemin demeurer
Et tant de rarités seulement admirer,
Si diray ie pourtant la plus recommandable
De toutes vos vertus et la plus conuenable,
Et qui semble plus propre à vostre dignité,
Selon mon iugement, estre la piété
Qui véritablement est en vous singulière
Et sur toutes vertus vous est plus familière.

Certes, deux et trois fois celuy là est heureux
   Qui a l'amour de Dieu tousiours devant les yeux,
   Comme vous, Monseigneur, qui luy faictes seruice,
   Qui l'aimez et craignez, qui faites vostre office
   Sincerement selon vostre vocation,
   Qui auecq vne bonne et sainte affection
   Donnant, admonestant, faisant à Dieu prière,
   Et bien viuant seruez au monde de lumière :
   Dessus vostre troupeau iour et nuit vous veillez
   En la vigne de Christ tousiours vous trauaillez,
   Et d'en desraciner fort diligent vous este
   Ce qui n'est point planté par le Père celeste ;
   Vous estes diligent à faire profiter
   Son talent et scauez fort bien vous acquitter
   De la charge qu'il a en vostre soing commise.

Ie puis dire de vous ce que dit de Moyse,
   De ce grand capitaine et sainct prophete hebrieu,
   Le sage Salomon : aymant et craignant Dieu
   Et de Dieu bien aymé, aux humains agreable,
   Duquel est la memoire heureuse et honorable ;
   Nostre Dieu en louange aux preux l'a comparé,
   Il l'a grand en terreur des ennemis monstré,
   Il a en sa faueur faict choses admirables,
   Il a rendu partout ses actions louables,
   En presence des Roys il l'a mesme honoré,
   Au peuple il a par luy son vouloir declaré,

En debonnaireté il l'a sacré pour estre
Dessus tous le plus grand et premier apparoistre,
Nostre Dieu l'a esleu entre tous les humains,
Nostre Dieu a commis son peuple entre ses mains,
Il a voulu par luy sa voix estre annoncée
Et par luy sa parolle au peuple estre preschée.

Ainsi nostre bon Dieu, Prelat, vous a esleu
Et entre tant de gens en dignité promeu.
Or bien qu'il vous ayt mis en ceste prelature
Pour nous administrer la celeste pasture,
Encores que le ciel et chascun element
A vos heureux desseins prestent consentement,
Encores que le Roy mesme les favorise
De son authorité, que la Royne les prise
Et loue grandement, que vous soyez aymé
De toute la noblesse et partout estimé,
Autour de tant de gens qui si fort vous cherissent,
Qui vous portent honneur et qui se reiouissent
De voir croistre vostre heur, deux ou trois seulement
Se trouvent enuieux sur vostre aduancement,
Mesme ceux qui deburoient vous rendre tout office,
Et debuoir d'amitié, d'honneur et de seruice.
Mais quoy ! diuin Prelat, ainsi qu'on voit la nuict
Venir après le iour, ainsi que l'ombre suit
Le corps, et que du feu vient tousiours la fumée,
Ainsi communement l'enuie enuenimée

Vient après la vertu. Themistocle disoit,
Estant adolescent, que bien il cognoissoit
N'auoir encores faict rien digne de memoire
D'autant que nul n'auoit enuie sur sa gloire.
Or tout ainsi qu'vn feu d'autant qu'il est plus grand,
D'autant qu'il croist, d'autant moins de fumée il rend ;
Comme on voit le soleil plus petite ombre faire
Quand il est au plus hault de tout son hemisphère,
Ainsi quand vostre gloire aura finalement
Attainct le dernier poinct de son accroissement,
Qu'elle sera parfaicte et du tout confirmée,
Vos enuieux iront, comme on dit, en fumée.

Courage doncq, Prelat, portez vous vertueux
Comme vous avez faict contre vos enuieux.
La victoire est à vous : qu'ils grondent, qu'ils fremissent,
Qu'ils iettent leur venin, que leur rage ils vomissent,
Fassent ce qu'ils pourront, si luirez vous entre eux
Ainsi que fait la Lune entre les moindres feux.
Nous verrons, Dieu aydant, vostre honneur tousiours croistre;
Nous verrons vos grandeurs et vertus apparoistre
Et reluire partout maugré vos ennemis :
Car tous les elemens et les destins amis
Auecq vostre vertu s'opposent à leur rage,
Vous commandans encor esperer davantage
De richesses, de bien, de gloire et de bonneur,
De grandeur, de faueur, de louange et d'honneur.

Cependant il a pleu au Roy et au Sainct-Père
   Vous establir Prelat sur Paris et vous faire
   Pasteur d'vn grand troupeau, Pasteur aymé de nous
   Comme la chaste espouse ayme son cher espoux :
   Pour ce vostre venue est autant souhaittée
   Que de vos deuanciers la mort est regrettée.
   Depuis que le dernier a ce monde quitté
   Pour reprendre là haut vn corps d'eternité,
   Le ciel obliquement a veu la grand'lumiere
   Recommencer deux fois sa course coustumière ;
   Dès lors vostre venue attendant, toutesfois,
   Sans venir vous laissez escouler ces vingt mois
   Dont le cours est si lent que rien qu'ennuys n'apporte
   Tant nous est ennuyeux vostre seiour, de sorte
   Que les nuicts de l'esté sont longues et les iours
   De l'hyuer ne sont point, ce nous semble, plus courts ;
   Ainsi la nuict est longue au soldat quand il gele,
   Pour garder un rampart, assis en sentinelle ;
   Ainsi le iour encor semble long à l'ouurier
   Qui besongne à sa tasche ; ainsi vn an entier
   Semble long à celuy qui se veoit en tutelle
   Fasché d'estre conduict sous la main maternelle.

Or enfin est venu le iour tant souhaitté
   Qui nous a ce bonheur et ce fruict apporté,
   Que nous, vostre troupeau, pouuons veoir vostre entrée
   Si longtemps attendue et longtemps desirée.

O iour vrayment heureux, qui faict que nous voyons
Ce pasteur bien aymé et sa voix nous oyons !
Sus, peuple de Paris, que ce iour soit chommable,
Qu'on en face à iamais vne feste honorable,
Qu'il soit à l'advenir pour solennel tenu
En signe qu'à tel iour ce pasteur est venu.
Voyez, Prelat, comment et en quelle allaigresse
Le clergé, le senat, le peuple, la noblesse
Reçoit vostre venue, et voyez quel honneur
Le peuple de Paris faict à vostre grandeur.
Que puissiez vous, Prelat, en vostre Saint-Office
Icy bas longuement à Dieu faire seruice
A l'eglise et au roy : que puissiez vous encor
Passer Crassus en biens et en aage Nestor !

FIN.

AD NICOLAUM ELLAIN ANTONII VALETII

EPIGRAMMA

Næ tuus eximium nil non inspirat Apollo,
    Tam facilem captas in tua vota Deum.
Vidimus in laudes Bellaï præsulis olim
    Carmina Calliopes luxuriasse tuæ,
Unde tibi tantum quantum sibi creuit honoris,
    Creuit ad annosos fama trahenda dies.
Hæc, Elline, tuas resides dedit esse Camænas,
    Vel sublime quod caneretur, erat.
Ast sacer antistes Gondynus numine plenus,
    Gondynus meritum pontificale ferens,
Excutit excultos miro modulamine versus
    Esse suos vatum quod putet esse deus.
Tu gratare tuo, Præsul venerande, Poetæ,
    Omen habet felix cuius ab ore cani.
Tuque diserte, piis laudes æquare canendo
    Præsulis auspiciis perge, poeta, tui.

AD PRÆSVLEM PARISIENSEM FRANCISCI AMBOYSII

EPIGRAMMA

Graia phalanx postquam periuri fraude Sinonis
  Hostili euertit Pergama celsa manu,
Dux Phrygius tandem Laurentia còntigit arva,
  Ereptus mediis fluctibus oceani.
Lingonica sic tu migrans e sede, penates
  Accedis Præsul magne, Lutetiacos.
Italià vt melior populosa Lutetia, Præsul,
  Dardanium superas sic pietate ducem.

—

SONNET DU MESME D'AMBOYSE

A L'AUTHEUR

Que tu es fortuné, mon doulx seuère Ellain,
Que tu es bien heureux, toy dont la bouche ronde
Distille abundamment vne attique faconde
Et qui es enrichy d'un esprit plus qu'humain !

I'admire ton esprit et i'admire ta main
Qui pousse tes beaux vers çà et la par le monde
Et faict ta renommée errante et vagabonde
Redoublant sa carrière aller d'un vol soudain.

I'admire celle voix qui ta Pandore enchante,
I'admire ton poeme et ta rithme coulante
Non seulement pour estre vn de tes bons amis.

I'admire ton scauoir doctement poetique
I'admire ta doctrine en l'art hippocratique
Non point pour estre né comme toy dans Paris.

Musis sine tempore tempus.

—

A MONSEIGNEVR DE PARIS SVR SON NOM AINSI TOVRNÉ PIERRE
DE GONDY : *Per digne de Roy.*

SONNET

Il est oinct qui est Roy, tu es oinct et sacré,
Euesque, duc et per, tu as ce triple tiltre,
Oultre ces dignités Paris t'offre la mitre,
Langres te donne aussi double et noble degré.

Tu tiens le premier lieu du grand senat pourpré
Où l'equité florist et le droict s'administre,
En l'eglise de Dieu tu sers d'vn saint ministre,
Et france te retient pour vn per bien lettré.

Ce n'est pas tout, Prelat, honneur de nostre Eglise,
Tu doibs plus esperer, car ie te prophetise
Qu'après avoir regi ton fidelle trouppeau

(I'en appelle à tesmoing la non ingrate France
Qui les gens de vertu de plus en plus aduance)
Rome d'un cardinal t'offrira le chapeau.

IAQUES MOYSSON.

TABLE

—

FIN DE LA TABLE.

LIBRAIRIE POULET-MALASSIS

97, rue Richelieu.

—

COLLECTION ACH. GENTY.

In-16 ; tirée à 555 exemplaires ; titre rouge et noir.

Papier vélin.	1 f. 50 c.	
— raisin	2	»
— vergé.	2	50
— de Chine.	5	»

—

1re Série.

RIMES INÉDITES EN PATOIS PERCHERON, avec une introduction et des notes, par Ach. GENTY.

> « ... Dans une Introduction, où les mots et les tournures de notre ancienne langue sont mis en regard des tournures et des mots de l'idiome percheron, M. Ach. Genty fait voir que le percheron a dû être, en quelque sorte, le *prélude* de la langue des XIIe, XIIIe et XIVe siècles, et qu'on doit le considérer comme étant réellement la *langue française primitive.....* » (L'*Ami des Livres*, août 1861).

CHANSONS SUR LA RÉGENCE ; trois chansons attribuées au Régent. Avec une Introduction sur le *rôle social* de la Régence et du règne de Louis XV, par Ach. GENTY.

LA FONTAINE DES AMOVREVX DE SCIENCE, composée par IEHAN DE LA FONTAINE, de Valenciennes, en la comté de Henault, POEME HERMETIQVE DV XVe SIÈCLE. Avec une Introduction et des notes, par Ach. GENTY.

LES OEVVRES POETIQUES DE NICOLAS ELLAIN, parisien, avec une Introduction, par Ach. GENTY.

Sous presse :

LES OEVVRES POETIQVES DE IEAN VAVQVELIN, sieur de la Fresnaye au Saulnage, avec introduction et notes par Ach. GENTY. — Deux volumes.

Chaque série se composera de SIX volumes

SOUS PRESSE :

CATALOGUE RAISONNÉ

D'UNE

PETITE COLLECTION

DE LIVRES RARES OU CURIEUX

SUR LES SCIENCES, LES LETTRES ET LES ARTS

Appartenant à

M. ACH. GENTY

Ancien avocat à Mortagne (Orne), ancien rédacteur du Feuilleton scientifique de la Gazette de France, etc.

IN-18, D'ENVIRON 400 PAGES

Orné de 10 portraits photographiés : Ronsard, Remy Belleau, J.-A. de Baïf, Jodelle, Jean D'Aurat, Passerat, l'Hospital, Théophile, etc. ; des spécimens de reliure les plus remarquables de la collection, gravés sur bois, et de nombreuses figures nécessaires à l'intelligence du texte.

PAPIER ORDINAIRE (sans photographies)........ 3 fr.
PAPIER DE HOLLANDE (avec photographies)..... 14
PAPIER DE CHINE. 18

Il ne sera tiré que 90 exemplaires sur papier de Hollande, et 10 sur Chine.